CAROLINA MARIA DE JESUS

o escravo

COLEÇÃO CADERNOS DE CAROLINA
Conselho Editorial
Conceição Evaristo (coord.)
Vera Eunice de Jesus (coord.)
Amanda Crispim
Fernanda Miranda
Fernanda Felisberto
Raffaella Fernandez

CADERNOS
DE CAROLINA

CAROLINA MARIA DE JESUS

o escravo
ROMANCE

2ª reimpressão

COMPANHIA DAS LETRAS

Copyright © 2021 by Herdeiras de Carolina Maria de Jesus

Grafia atualizada segundo o Acordo Ortográfico da Língua Portuguesa de 1990, que entrou em vigor no Brasil em 2009.

Capa
Giulia Fagundes

Imagem de capa
Sem título, de Allan Weber, da série Dia de Baile, 2022.
Lona [Tarp], 69,5 × 51 cm. Coleção particular. Reprodução de Pat Kilgore

Foto de quarta capa
Acervo UH/ Folhapress

Imagens de miolo
Arquivo Público Municipal Cônego Hermógenes Cassimiro de Araújo Bruonswik, localizado na cidade de Sacramento (MG)

Transcrição dos manuscritos
Ayana Moreira Dias, Bruna Cassiano, Selminha Ray e Verônica de Souza Santos Flôr

Atualização ortográfica
Érico Melo

Nota biográfica
Bruna Cassiano

Revisão
Paula Queiroz
Gabriele Fernandes

Dados Internacionais de Catalogação na Publicação (CIP)
(Câmara Brasileira do Livro, SP, Brasil)

Jesus, Carolina Maria de, 1914-1977
    O escravo : Romance / Carolina Maria de Jesus. — 1ª ed. — São Paulo : Companhia das Letras, 2023.

    ISBN 978-85-359-3603-2

    1. Romance brasileiro I. Título.

23-176154   CDD-B869.3

Índice para catálogo sistemático:
1. Romances : Literatura brasileira   B869.3

Cibele Maria Dias — Bibliotecária — CRB-8/9427

Todos os direitos desta edição reservados à
EDITORA SCHWARCZ S.A.
Rua Bandeira Paulista, 702, cj. 32
04532-002 — São Paulo — SP
Telefone: (11) 3707-3500
www.companhiadasletras.com.br
www.blogdacompanhia.com.br
facebook.com/companhiadasletras
instagram.com/companhiadasletras
twitter.com/cialetras

SUMÁRIO

Nota sobre esta edição, 7
Carolina Maria de Jesus, nossa Preta Mãe, inventa
o *romance proverbial — Denise Carrascosa*, 9

O ESCRAVO, 25

Ninguém é livre na sala de visitas —
Fernanda Silva e Sousa, 187
Sobre a autora, 203

NOTA SOBRE ESTA EDIÇÃO

A publicação do romance *O escravo* amplia para pesquisadoras e pesquisadores e para o público geral o projeto literário de Carolina Maria de Jesus, uma autora múltipla, que por anos ocupou o imaginário de leitoras e leitores pela via única dos seus diários. Estamos diante da materialização de um desejo de "ser escritora", entendido por ela como campo de criação ficcional e poética. Esse anseio nos revela nuances de suas intenções literárias.

Carolina dialogou com vários gêneros textuais — mesmo que a crítica literária, em sua miopia, se negue a se debruçar sobre isso. A edição de *O escravo* desalinha a historiografia literária, ao inscrever um romance de autoria negra feminina no século XX, e chama atenção para o direito à ficção/imaginação/fabulação, sistematicamente negado a Carolina.

Muitos de seus escritos se deterioraram ao longo das décadas — prova incontestável do descaso com a memória de escritoras negras brasileiras —, e há material inédito ainda não localizado. A despeito dos fólios que foram perdidos, nesta publicação estamos diante de uma das versões do romance *O escravo*, e diferentemente dos diários em que a datação é explícita, neste caso não é possível precisar a data de sua feitura, pois não há qualquer indício de que tenha sido registrada. Entretanto, observa-se o processo de lapidação da autora, no qual se mantém atenta aos detalhes de sua criação, retornando diversas vezes a seus manuscritos para conferir detalhes da escrita repensada e definida neste original.

Carolina iniciou o seu processo de letramento ainda criança por meio da literatura oral, ouvindo as histórias contadas por seu avô Benedito José da Silva, além de textos diversos (poemas de Castro Alves, romances românticos e realistas, discursos de Rui Barbosa e jornais, por exemplo) lidos pelo sr. Nogueira, todas as noites, na colônia em que morava. Após dois anos de educação formal, aprimorou seu domínio da escrita por meio da paixão pela leitura, exercitada nos intervalos da luta diária pela sobrevivência.

Essa formação plural e comunitária não chegou a se completar segundo o padrão ortográfico-gramatical vigente durante os anos de sua atividade literária. A fim de resguardar a integridade da voz e da escrita de Carolina, esta edição inédita de *O escravo* conserva toda a diversidade de registros presente nos manuscritos, considerando-os marcas autorais imprescindíveis para a adequada recepção de sua obra. Um exemplo é o espaço inserido após o último parágrafo da página 38, em que no original a autora insere um espaço de seis linhas ao final da frase, podendo indicar uma quebra na narrativa. Sinais de pontuação foram em sua maioria preservados, sinalizando usos de discurso direto, indireto e fluxos de consciência, recorrentes no texto.

A transcrição deste romance se baseou nos cadernos que estão sob a guarda do Museu Histórico Municipal — Corália Venites Maluf, em Sacramento, Minas Gerais. A obra de Carolina é viva e permanece em construção, então é possível que se encontre, no futuro, mais material correspondente ao projeto ficcional de *O escravo*.

Conselho Editorial

CAROLINA MARIA DE JESUS, NOSSA PRETA MÃE, INVENTA O *ROMANCE PROVERBIAL*

*Denise Carrascosa**

> *Espero que alguns de meus provérbios possam auxiliar alguns leitores à reflexão. Porque o provérbio é antes de tudo uma advertência em forma de conta-gôtas, já que nos é dado a compreender mutuamente, para ver se conseguimos chegar ao fim da jornada com elegância e decência.*
> Carolina Maria de Jesus, *Provérbios*

> *Somos escravos de tudo que desêjamos possuir. Ninguem é livre neste mundo. Ha diversas especies de escravidôes.*
> Carolina Maria de Jesus, *O escravo*

Estamos falando de um projeto de nação colonial. Esse projeto precisa eleger um inimigo público. O *cistema* de constituição da nacionalidade em um sentido moderno só pode ser organizado desse modo. Ele é o fundamento da nação eurocolonial. Esse inimigo é constituído como memória, como histó-

---

* Denise Carrascosa é mulher negra e filha de Oyá. É doutora em crítica literária e cultural pela UFBA, pós-doutora em história da África, da diáspora e dos povos indígenas pela UFRB, tradutora literária, advogada e professora associada de literatura na UFBA, na graduação do Instituto de Letras e no Programa de Pós-Graduação em Literatura e Cultura. Como ativista antiprisional, coordena o projeto Corpos Indóceis e Mentes Livres, por meio do qual desenvolve, desde 2010, o trabalho de remição de pena por leitura e escrita literárias no Conjunto Penal Feminino do Complexo Penitenciário Lemos Brito, em Salvador.

ria e como imagem que insemina, sem cessar, o sentido da nação a partir de alguns afetos coloniais básicos, constitutivos de seu inconsciente político: o medo e a esperança. O medo — do Inimigo. A esperança, sempre postergada — na desaparição do Inimigo.[1]

No fluxo de um debate sobre arte e pensamento desde os desafios políticos e influxos artístico-intelectuais do feminismo negro abolicionista, Luciany Aparecida, Patrícia Freitas e eu organizávamos nossas intervenções orais e visuais na Academia de Letras da Bahia para um público de intelectuais e estudantes de letras e direito, donde se ausentara a totalidade de acadêmicos e acadêmicas brancas que integram o quadro de "imortais" das letras baianas, com exceção do mediador e de certas desculpas compreensíveis de algumas pessoas queridas e mesmo admiráveis.

A ausência já esperada do clube de Castro Alves ("o poeta dos escravos", leia-se em tom de ironia) foi suplementada por uma presença intensiva: dona Valmira. No início dos trabalhos, quando já estávamos sentadas à mesa do distinto "salão nobre" do palacete colonial, ela, uma mulher preta, provavelmente idosa, servia calada copos de água sobre uma bandeja prateada, vestindo uma daquelas fardas azuis que caem bem na elegância, mas não em nossa memória compartilhada. Levantei-me para pegar os copos e os dispor sobre a mesa. Em silêncio, ela saiu da sala e entrou em um quarto lateral, de onde nos olhava de pé, em postura de prontidão ao serviço. Aquele era mais um dia conflagrado em Salvador, em que a suposta "guerra às drogas" organizava os cinturões militares contra as comunidades negras periféricas, prendia e matava jovens e crianças negras e prometia segurança pública a "cidadãos de bem".

Patrícia Freitas inicia sua fala com uma reflexão incisiva sobre "imagens de cerco" e as "políticas do tempo", designando uma temporalidade espacial repetitiva do colonialismo violento a que nossos corpos negros estão assujeitados na contemporaneidade. Faz reflexões sobre as imagens de fuga do documentário *Firminas em fuga*,[2] dirigido junto a mulheres encarceradas em Salvador, e elabora um pensamento crítico sobre a corrente conceituação do "extracampo" e "fora de quadro" como métodos de interpelação do poder de quem olha, como olha, por que olha, para quem olha, a partir de uma história das políticas do olhar na fotografia e no cinema.

Luciany Aparecida, partindo do trançamento de um percurso sobre sua produção literária entre história, memória e mídia, rememora seu processo de criação entre prisão e liberdade autorais, lê fragmentos disruptivos do poema *Macala*,[3] tecendo costuras ficcionais entre processos criminais de mulheres negras e as reinvenções literárias de suas trajetórias em direção à liberdade. Depois de conduzir nosso olhar para uma foto (*Mulher negra da Bahia*, de Marc Ferrez, c. 1885) projetada no grande telão daquela clássica sala de visitas, ensina-nos ser *ma-khala*, palavra de língua ronga falada em algumas regiões de Maputo, capital de Moçambique, com significados que deslizam de "carvão vegetal" a "pessoa de pele negra". Toca fogo no carvão que, já em brasa, dispõe ao punho cerrado de *Macala*, a qual desvia do olhar de quem a olha e recita:

Não grita agora
segura
façamos silêncio
teu silêncio
tem cheiro de sal
deixa agora alastrar por tua mão a minha ferida
um silêncio meu e teu
deixa
escuta
não grita, agora não,
segura a Macala
façamos silêncio
tua mão dói com essa brasa acesa?

Aquela-esta imagem acende o amor por nossa história de emancipação e, na sequência trançada de nossas palavras, lembro-me da canção de ninar de Conceição Evaristo.[4] Sua-nossa escrevivência é *ma-khala*, memória incandescente de nossas Pretas Mães,[5] suas vozes-silêncios, suas performances de enrodilhamento dos poderes escravistas no demorar-se das cantigas circulares e profundas a embalar o inconsciente político da nação brasileira. Mastigando sua língua, embaralhariam os afetos dos pequenos futuros herdeiros — seus medos, suas esperanças?

Leio um poema de uma mulher encarcerada, Ana Cristina Lima.[6] Parece-me ali que o "fora de quadro" se instala do deslocamento do olhar do eu-poético, que grita como se estivesse em uma feira livre ou mesmo em um programa sensacionalista que anuncia crimes ao meio-dia, na hora do almoço:

Olha lá!
Olha lá a preta passando,
Vagando, se arrastando.
Carregando nas costas
O peso da custódia, da memória.
Olha lá a carne rasgada,
Açoitada, ensanguentada.

Olha lá uma preta guerreira
Lutadora, lavadeira.
Uma preta que cai e se levanta,
Que não para, mesmo manca.
Olha lá a preta da favela
Que há muito não é filha
Que há muito já é mãe.
Mãe de uma nação,
Mãe de oração,
Mãe de sangue,
Mãe de leite, de choro, de coração.

Assim como Patrícia, Luciany e Conceição, Ana Cristina joga com o olhar que nos olha entre os séculos, enquadrando-nos no extracampo da nação, nas zonas perigosas da inimizade. Nós, mulheres negras, e nossas Pretas Mães, nossas Ancestrais, assim como nossas descendentes por vir, todas já fomos instaladas no inconsciente político da nação como o corpo sub-rogado de sua culpa colonial e cristã.[7]

Se a mistificação da existência do inimigo público é condição de circulação dos afetos de *medo* e *esperança* que retroalimentam os vínculos identitários hegemônicos, as mães pretas instaladas nas casas-grandes da memória da escravidão são constituídas como as plataformas de inscrição da culpa e da penitência, através de sua ligação sanguínea intergeracional e de sua sintaxe de signos corporais com as mulheres negras escravizadas de dentro e fora da casa, desejáveis e puníveis pela sexualidade reprimida da formação familiar da casa ibérica e seu *cis*tema de racismo capitalista heteropatriarcal de base.

Nós-mulheres-negras somos o corpo de agenciamento privilegiado do que Achille Mbembe nomeia como "objeto perturbador":

> O investimento nesses objetos sustentava a continuidade do funcionamento psíquico da ordem colonial. Sem esses objetos e motivos, a vida afetiva, emocional e psicológica na colônia perdia seu teor e sua coerência.[8]

No esquema escravista de diferenciação estratégica entre diversos corpos de mulheres negras — crianças, mulheres férteis, fortes, esguias, corpulentas, idosas, falantes de línguas ancestrais e/ou da língua colonial, de dentro ou de fora de casa, silenciosas ou em fuga —, o corpo da *Mãe Preta* trazido para a Casa Colonial da Nação foi investido de um conjunto de funções e conexões que operacionalizaram as tecnologias de manutenção e, paradoxalmente, de disrupção do *cis*tema.

Se a elas era dado contar histórias dentro do quarto (ou do

quadro), sua performance não se esquece ou se desconecta do corpo de senzala, do corpo de trabalho, do corpo de quilombo, e o que sai ou entra de sua boca pode realizar as ações que as bocas amordaçadas pelas Máscaras de Anastácia não podem. A psique cindida do branco, desde sua moralidade dicotômica cristã, segundo Grada Kilomba, projeta sua parte rejeitada na pessoa negra — o "inimigo intrusivo", o "bandido", o "indolente", o "malicioso".[9] Entretanto, a sobrevivência do *cis*tema econômico de exploração escravista demandará a proximidade corporal e afetiva com o "inimigo", e a Mãe Preta será investida da função de elo complexo e paradoxal, visto-ouvido cotidianamente, ao mesmo tempo docilizado pelo desejo colonialista, uma espécie de espelho metonímico de onde se vê o Outro a certa proximidade segura.[10]

Carolina Maria de Jesus entra da casa colonial da literatura canônica brasileira para brevemente viver entre Jorges e Clarices, a partir de um olhar que parece desejar enquadrá-la no interior das bordas dessa imagem especular. Se nossas Mães e Pais de Santo, En-cantados, sambistas de morro, cordelistas e escritories negres como Maria Firmina dos Reis e Lima Barreto ainda pareciam perigosos ao sistema literário nacional na década de 1960 — embora mimetizados em sua ética e estética pela casa-grande-das-letras sem que os direitos autorais lhes fossem garantidos —, Carolina Maria de Jesus talvez tivesse sido convidada pelo jornalista Audálio Dantas a ser nossa Mãe Preta no melhor estilo freyriano: a mulher favelada, salva da barbárie de sua vida miserável pela relação cordial de eterna gratidão ao seu príncipe salvador. Essa seria a reatualização do álibi perfeito do crime de racismo institucional em nosso sistema literário "antifascista", na cena de reemergência do pensamento comunista em defesa dos pobres e excluídos, que se insurgiria contra o golpe militar brasileiro.

Ademais, de modo necessariamente suplementar, a imagem da Mãe Preta conforta a culpa colonialista que não quer se reconhecer em seu racismo misógino. A Mãe Preta que conta as histórias dos seus iguais que ficaram na senzala, com as devidas correções linguísticas necessárias à gramática do sagrado português europeu, nesse sentido, tem o corpo sub-rogado a uma dupla e paradoxal função: a manutenção da reserva de imagens de perigo associadas ao inimigo negro da nação, enunciadas em seus cantos e histórias; e o reforço da fronteira hierarquizante entre o eu colonizador branco e seu Outro negro a ser colonizado, inscrito em seu corpo o limiar tenso entre o território doméstico seguro e os perigos da rua e suas encruzilhadas feiticeiras. Quem a olha de dentro sabe que ela deve ninar; quem a olha de fora sabe que ela lá está, na soleira da porta, com comida para o corpo e cura para o espírito. Como metonímia do ego branco cindido, seu corpo na imagem colonial especular seria essencial na manutenção do equilíbrio da vida psíquica e da segurança pública de uma sociedade paulista recém-urbanizada, para a qual haviam sido carreadas as formações territoriais do inconsciente político da nação brasileira.

Assim, com esse modelo violento de convite, Carolina entra na casa-grande-das-letras e, posta nesse espaço, inventa um lugar alterno para sua inscrição disruptiva, que habita antes e depois da pesada mão colonialista que lhe desejava tutelá-la — isto é, aquela que forja a mística da "descoberta". Esse lugar, não confinado pela narrativa colonial, é iluminado por Vera Eunice de Jesus, filha de Carolina e coordenadora, ao lado de Conceição Evaristo, do conselho editorial de sua obra:[11]

> Não sei se a minha mãe encontrou a paz interior no sítio, mas o que posso afirmar é que sempre estava escrevendo embaixo das árvores que ela mesma plantou. Hoje, se estivesse entre nós, estaria feliz ao ver um de seus sonhos se concretizando: a publicação de seus romances, poemas, provérbios, peças teatrais, contos e diários tal qual ela escreveu.[12]

Ao "escrever embaixo das árvores que ela mesma plantou",

no fértil biografema com que nos presenteia sua filha Vera Eunice, Carolina inventa um tempo-espaço de escrita para seu corpo escrevivente que subverte, ao mesmo tempo, o jogo de poderes-olhares: o olhar de onde vê a casa colonial não é o dentro do serviço à sala de visitas ou ao quarto de dormir, de onde se retira; o olhar de onde a casa colonial a vê não a alcança, pois a árvore que ela mesma plantou tem raízes subterrâneas profundas, cujos troncos e galhos se projetam em movimentos espiralares no invisível dos tempos que se afroconectam em nossa memória ancestral. À sombra dessa antiga árvore, Carolina escuta a voz de seu avô, o "Sócrates africano", na Sacramento (sua cidade natal, em Minas Gerais) do pós-abolição:

> Quando eles colocaram o esquife na sepultura, eu jurei que haveria de saber o que era ser o Sócrates africano. Porque eu não queria que ele tivesse o nome impróprio para a sua pessoa. Ele não devia a ninguém. Nunca foi preso. Não brigava. Não bebia. Dizia que o homem deve estar sempre normal para saber conduzir-se. Era o meu dever defendê-lo, porque o vovô plantou lavouras para nos criar. Ele não comprava roupas novas. Usava as roupas velhas que ganhava dos ricos. Guardava o dinheiro para comprar remédios para os netos. Para mim, ele comprou um remédio para verme. O tiro certo. Que remédio ruim. Ele plantou pés de laranja. Nos levava para catar gabirobas, araticum, pitanga, jatobá e o veludo. Contava histórias para nós. Pensava: o vovô sim! Ele é que é um homem. Só depois que criou os filhos é que morreu.[13]

Partindo da memória da sabedoria ancestral do avô, Benedito José da Silva, Carolina produz uma série variada de textualidades que encontram sua estética disruptiva do *cis*tema, na medida da invenção de uma dinâmica de olhar não fixado em um ponto de vista narrativo ocidental. Desde o olhar poético de Vera Eunice para sua Preta Mãe, que compartilha generosamente conosco as imagens frescas do matriarcado literário de Carolina — "as árvores que ela mesma plantou" —, podemos fabular o tempo de sua criação em um parâmetro não linear para pensar sua obra não cronologicamente, mas de forma espiralizada: quais as poéticas circulares que inseminam o pensamento estético de Carolina, criando diferenciações singulares a cada produção? Como pensam e reimaginam o além do tempo histórico em que se encontra? Assim, entre a sabedoria afroancestral do avô e as árvores da memória da filha, Carolina escreverá um texto que nomeia *O escravo*. Embora o estabelecimento do texto não defina o tempo histórico do manuscrito, o tempo de memória de Vera Eunice nos conta que a criação aconteceu antes de seu nascimento, em 1953, e, na hipótese de não ser o exato da história, na memória estamos entre o tempo ancestral da passagem do avô e a fertilização do tempo daquela filha, que ainda viria.[14]

No portal limiar presente entre quem se foi e quem há de vir, Carolina Maria de Jesus experimenta contar, na narração de *O escravo*, a história de duas famílias, e para isso emite uma voz que atravessa pensamentos, sensações e afetos, elabora monólogos, multiplica-se em diálogos, expressos ou tão somente desejados, lapidando esse exercício a partir de uma linguagem que faz brotar, no decorrer das cenas narrativas, a forte presença da natureza em cada corpo de personagem, por entre os personagens em suas relações, para além dos personagens e como ritmo do mundo ficcionalizado.

> Ele passou a frequentar a sua casa. E amisade entre os dôis, foi creçendo igual sol quando vae inclinando-se no espaço.
> [...]
> E as suas amisades eram como uma haste que vae cresçendo e as raizes vae se aprofundando.
> [...]
> As flores silvestres atraia as abelhas que penétrava dentro do carro. Ia pousar nas flores os seus zumbidos eram os protestos ou talvez tristêza por ver as flores destacadas das hastes.
> O disco solar penétrava quando eles chegaram em São Paulo.

As famílias que põe em cena estão conectadas e distanciadas a partir de diversos arranjos, posturas éticas, classes sociais, relações entre gêneros, composições etárias e, muito provavelmente, desde a paleta de cores do espectro racial brasileiro. Ao cenografar o modo como imaginamos aquelas famílias, a escritora não descreve tons de pele ou raça, mas pinta em nossa mente uma gestualidade que nos interroga sobre a branquitude, a negritude ou a passabilidade racial das personagens como fatores de estereotipia, distinção e hierarquização. E, nesse sentido, suas relações de poder se dão através de desejos, repulsas, julgamentos morais, projeções especulares, ao mesmo tempo que suas experiências de vida acontecem mediante "flores", "raizes" e os movimentos do "disco solar", "inclinando-se no espaço".

É fundamental perceber a relevância dos sutis movimentos do mundo natural inseminando o destino das personagens de Carolina, descosendo os limites sociais historicamente constituídos. O modo como seu olhar atento vai desenhando o dentro e o fora dos espaços — naturais e íntimos — vai encruzilhando as luminosidades das sendas por onde passam, se anunciam passagens de brisas ou tempestades:

> Estava tão agitado interiormente que desêjava aprofundar-se numa floresta e transformar-se num eremita. A vida na cidade é tão atribulada que a minha mente está saturada.
> [...]
> Eu hei de ser sempre igual a herva rastêira, que é a ultima ha reçeber o calôr do sol.
> [...]
> A vida é assim mêsmo. Preméditamos andar na linha reta, e por interferência do destino peregrinamos pela linha curva. Para mim, um lar que se desfaz é igual uma casa que desaba.
> [...]

Comparou o giro do disco, com a vida de Marina que estava girando. Que confusão existe na nossa vida enquanto peregrinamos aqui pelo mundo.

O inumano e o humano têm um papel simbiótico no curso da vida narrada, como se a escritora estivesse pensando o primeiro plano (geralmente humano-centrado) de seu romance não contra o fundo ornamental de uma descrição realista, mas desde os modos inumanos e não menos essenciais de vida na terra e suas correlações de existência em fluxo, inclusive entre viventes em dimensões temporais diversas: "Quem morre é um astro que sae da cena".

Os desatinos das personagens que desejam incessantemente uma espécie de ascensão social desmedida, desconectada de um éthos fundamentado nas alegrias da vida em comunidade, são vistos por um olhar narrativo migrante que flagra a frágil solidão humana na aridez das ruas, nos altos prédios que a cidade começa a edificar, nos internamentos manicomiais e nos palácios residenciais vazios de diálogos e ricos em monólogos interiores desesperados — lugares onde a esperança na vida encontra suas beiras.

Perlaborando sua memória do período pós-abolição em que nasceu, a filósofa Carolina cria conexões ontológicas entre estados de liberdade e escravidão humana à cegueira dos desejos rasos de uma ilógica economia:

> Eu não me conformo com esta inquietação interior que vae avulumando-se cada vez mais. Tenho a impressão que sou uma nuvem girando no espaço procurando um lugar do meu agrado para estacionar-me. Todo homem no mundo é um caçadôr de coleções.

Esse estado de desconhecimento de seu próprio destino e da subjugação à força de ilusionismos alheios encaminha personagens a abismos de autoesquecimentos e clausuras da alma — formatos diferentes de escravidão moderna que a

19

narradora enuncia em um olhar errante entre as diversas humanidades que atravessa, com intimidade honesta. A forma romance, textualidade eurocidental gestada nas entranhas da industrialização que fabricou a máquina dos Estados-nação coloniais, torna-se o terreno arenoso no qual Carolina trabalhará a sua visada para um país onde a cidade paulistana se torna a máquina-útero a parir sonhos de chumbo, onde os cavalos dos príncipes das jovens migrantes nordestinas só poderão ser automóveis que lhes atropelarão os secos destinos sem qualquer complacência. Aqui, o olhar narrativo para esse atropelamento não se realiza de dentro da janela do carro, de dentro da janela da casa ou de fora da vida da atropelada. O olhar narrativo circula todos esses espaços por não se concentrar em uma voz de base humana individuada.

A narração é fluxo de memória coletiva-ancestral e encontra esteio em uma linguagem proverbial que encaminha a força narrativa para aquém e para além do indivíduo; para além e para aquém da história. Se tentarmos colocar os ouvidos-coração bem perto do texto de Carolina, encontraremos seus pontos vitais:

Todos nós temos a nossa quadra de amôr nêste mundo.
Tem coisas, que ficam em pretensões.

Os males Moral são dificies de elimina-los porque são gerados dos fatos insolucionaveis.

Quando executamos algo que não produs o que esperamos é que começamos a compreender a vida.

A nossa vida é igual um novelo de linha que você dessinrolou, e depôis emanhárou-se, e nós não encontramos o inicio da linha.

Especialistas africanos no estudo da linguagem proverbial nos ensinam que oradores tradicionais são considerados grandes sábios possuidores da excepcional qualidade de arquivar e transmitir sabedoria ancestral por meio de formas narrativas altamente sofisticadas. De modo prosaico e despretensioso, a sabedoria comunitária milenar é comunicada em conversas e aconselhamentos de pessoas mais velhas às mais novas — em um sentido ancestral — na medida das demandas comunitárias, das mais simples às mais complexas, entre integrantes da mesma família ou nos deslindes de questões diplomáticas entre nações.[15]

As formas condensadas dessa transmissão têm uma densidade imaginária e filosófica que produz a performatividade de um profundo mergulho crítico na re-visão do destino de um ser humano, de uma família, de uma comunidade ou de uma nação. Criam conexões imprevistas entre os tempos e espaços de memória que gestam as alianças de identidade, produzindo disseminações que podem intensificá-las e/ou deslocá-las.

Quando Carolina experimenta pensar o mundo em que vive a partir da escolha de um registro romanesco — o exercício narrativo-crítico de fazer ver o desgaste moderno das alianças sociais, o movimento de tensionamento da memória humana em sua individuação —, a escritora insemina esse registro com uma linguagem proverbial, isto é, produz uma espécie de *phármakon*, remédio-veneno em doses moduladas de ironia, sabedoria, pedagogia a fazer sua nação revisar o seu destino. Em suas palavras: "em forma de conta-gôtas [...] para ver se conseguimos chegar ao fim da jornada com elegância e decência".[16]

Carolina inventa o *romance proverbial* como forma literária experimental para reverter o olhar colonial racista que quer fazê-la Mãe Preta, olhar quem a olha e, na condição de Preta Mãe de nossa literatura, criar outras irradiações sonoras que subvertam a língua eurocidental, gerando reverberações entre vozes afroancestrais, a alcançar o abolicionismo de Maria Firmina dos Reis, e vozes do afrofuturo, como as poetas slam, que dão seguimento ao desafio.

Assim como Carolina Maria de Jesus, *Macala* não olha quem a olha como a olha. Seus olhos são búzios. Enxergam em tempo espiral. Dona Valmira olha Macala e eu olho dona Valmira. Política do olhar, na cidade conflagrada, da água servida no interior da casa colonial. Derramada, de nossas veias, no fora. Para terminar, café preto, sem açúcar. Carolina e o romance proverbial. Aquilo que fica, no fundo, é Segredo de negras mulheres.

Salvador, 27 de setembro de 2023
Tempo de caruru para Cosme, Damião e bala

NOTAS

1. Este parágrafo iniciou uma fala pública que fui convidada a realizar na Academia de Letras da Bahia, em 15 de setembro de 2023, sobre o tema "Feminismo e abolicionismo", em mesa composta pela escritora Luciany Aparecida e pela cineasta Patrícia Freitas, com mediação do escritor e acadêmico Marcus Vinícius Rodrigues. Disponível em: <www.youtube.com/watch?v=DSLaT8aKrvI&t=57s>.
2. O curta dirigido por Patrícia Freitas (exibido na Flip de 2022), com direão de fotografia de Bruna Castro e edição e legendagem de Bruna Barros, está disponível em: <www.youtube.com/watch?v=IyXNn-VnbiuM>.
3. Luciany Aparecida, *Macala*. São Paulo: Círculo de Poemas, 2022.
4. "A imagem fundante do termo é a figura da Mãe Preta, aquela que vivia a sua condição de escravizada dentro da casa-grande [...]. Havia o momento em que esse corpo escravizado, cerceado em suas vontades, em sua liberdade de calar, silenciar ou gritar, devia estar em estado de obediência para cumprir mais uma tarefa, a de 'contar histórias para adormecer os da casa-grande'." Conceição Evaristo, "A escrevivência e seus subtextos", em Constância Lima Duarte e Isabella

Rosado Nunes, *Escrevivência: A escrita de nós* (Rio de Janeiro: Mina Comunicação e Arte, 2020).

5. Decido inverter a ordem das palavras na expressão sempre que marcar diferença crítica com a imagem estereotipada freyriana de "mãe preta" e sua noção de "democracia racial". Aprendemos a fazer essa rasura com as nossas mais velhas — feministas negras brasileiras: Lélia Gonzalez, Luiza Bairros, Sueli Carneiro, Conceição Evaristo. Com a inversão, marco a precedência da pretude como condição substantiva, isto é, de produção ontológica de uma existência plena, que pode vir a encontrar par na maternidade, de um projeto artístico-literário, por exemplo.

6. Ana Cristina Lima, "Preta", em Denise Carrascosa (Org.), *Firminas em fuga: Poesia?* (Salvador: Ogum's Toques Negros, 2023), uma coletânea poética resultante da primeira edição do Prêmio Literário Abolicionista Maria Firmina dos Reis, concedido a mulheres encarceradas no Complexo Penitenciário Lemos Brito, em Salvador.

7. Para essa discussão do corpo negro sub-rogado à imaginação branca, conferir a palestra de Toni Morrison "Black Matters" [O negro importa/ Problemas negros], incluída em seu livro *Playing in the Dark: Whiteness and the Literary Imagination* (Nova York: Vintage Books, 1992).

8. Achille Mbembe, *Políticas da inimizade*. Trad. de Sebastião Nascimento. São Paulo: N-1 Edições, 2020.

9. Grada Kilomba, *Memórias da plantação: Episódios de racismo cotidiano*. Trad. de Jess Oliveira. Rio de Janeiro: Cobogó, 2019.

10. Para acompanhar a genealogia destes debates críticos contra o pensamento de Gilberto Freyre em *Casa-grande & senzala*, ver os textos de Lélia Gonzalez em Flávia Rios e Marcia Lima (Orgs.), *Por um feminismo afro-latino-americano: Ensaios, intervenções e diálogos* (Rio de Janeiro: Zahar, 2020).

11. Também fazem parte desse competente conselho editorial escritoras e críticas literárias especialistas em literatura de mulheres negras e na obra de Carolina Maria de Jesus: Amanda Crispim, Fernanda Miranda, Fernanda Felisberto e Raffaella Fernandez. Todo o cuidado ético e a acurada técnica de transcrição dos manuscritos de Carolina são devidos a Ayana Moreira Dias, Bruna Cassiano, Selmi-

nha Ray e Verônica de Souza Santos Flôr. Aqui trabalhamos em zona segura para nós, mulheres negras.

12. Vera Eunice de Jesus e Conceição Evaristo, "Outras letras: tramas e sentidos da escrita de Carolina", em Carolina Maria de Jesus, *Casa de alvenaria: Osasco* (São Paulo: Companhia das Letras, 2021, v. 1, p. 23).

13. "O Sócrates africano", em José Carlos Sebe Bom Meihy e Robert M. Levine, *Cinderela negra: A saga de Carolina Maria de Jesus* (Rio de Janeiro: Editora UFRJ, 1994).

14. Para pensar a composição da obra de Carolina na chave do tempo espiralar, estou me baseando nos operadores teórico-críticos da pensadora Leda Maria Martins em seu livro *Performances do tempo espiralar: Poéticas do corpo-tela* (Rio de Janeiro: Cobogó, 2021).

15. Entre tantas referências, sinalizo os estudos de Paul Bandia em *Translation as Reparation: Writing and Translation in Postcolonial Africa* (Nova York: St. Jerome, 2008).

16. Carolina Maria de Jesus, *Provérbios*. São Paulo: [s.n.], p. 7.

O ESCRAVO

O relógio badalava as últimas badaladas da sete horas. Maria Helena deixou o leito e foi alindir-se. Olhou o seu rosto no espêlho: notou que seus olhos estavam inchados de tanto chorar. Sentia profunda inquietação interior. tinha a impressão de ser uma arvore atingida por um vendaval que arrebatara tôdas as fôlhas deixando-a nua no inverno; penteou os seus cabelos notou que já estavam ficando grisalhos — Não ficou triste. tem pessôas que quando encontra um cabêlo branco fica inquieta e preocupada porque o cabêlo branco é o início da velhice.
Ela perpassou o olhar pelo quarto e pausou na folhinha. faltava três dias para ela completar quinze anos. Recordou os anos anteriores quando a sua saudosa

mãe existia. e fazia doces para
festejar o seu aniversario.
E fazia quarenta dias que a morte
lhe arrebatara. E ela estava inconsolavel. Chorava interruptamente.
porque a perda de sua mãe havia
transformado o curso de sua vida
Foi obrigada a deixar os estudos
para cuidar das crianças.
Três irmãos menores. Ela não sabia
cozinhar. Solgava a comida que
ficava insipida e as crianças
não comiam, e ela jogava fora.
pae lhe repreendia, amavelmente.
— Minha filha! Nós não estamos em
condições de jogar comida fóra.
Com a morte de tua mãe, eu fiquei
individado. E eu não posso pagar uma
empregada para cuidar da casa.
Eu tenho que contar unicamente com você
A tua mãe cuidava da casa e ainda
costurava pra fóra para custear
os teus estudos.

E a sua maior préocupação era a hora de temperar a comida. Ficava nervosa. Lavar as rouças, passar. e tolerar as lamentas das crianças. dizendo a todos instantes; eu quero a mamãe! As crianças choravam. e abraçava-lhe, e suplicava-lhe:
 Vae buscar a mamãe! Vae ainda! so as pessôas de fora é que lhe chamava de Maria Helena. Em casa ela era a ainda. Foi depois que Dona Rosa estrinquiou-se, que Maria Helena ficou compreendendo que uma bôa mãe, é uma estrêla no lar.
É um farol de ouro, a guiar os passos dos seus entes queridos. Sobressoltou-se, quando ouviu os passos de seu pae. seus olhares encontraram-se. Alegria havia ausentido, do rôsto de seu pae.
— O almôço esta pronto papae. A mamãe cosinhava tão bem. Eu vou aprender cosinhar igual a ela.

A sua mãe era muito caprichosa.
Foi boa esposa. por isso enquanto
eu existir, hei de venera-la.
Ela amava-me! Não sou infeliz,
tive amizade sincera de tua mãe.
uma amizade forte igual as raizes
quando penetram no solo.
— Vamos almoçar papai!
Êle achou a comida gostosa.
Sorriu e disse-lhe: você já esta
melhorando. As crianças não protestaram
e repitiram a comida.
— Eh! Hoje não tivemos choro!
já estavam conformando com ausência
de sua mãe. Roberto estava trabalhando, porque não podia prosseguir nos
estudos. Êle queria ser doutor.
Agora faltava as elogios de sua mãe
que lhe estimulava. Folheava seus
cadernos para ver as notas, e dizia:
— Que letra bonita!
Maria Helena foi habituando-se
a trabalhar. e pouco a pouco,

O relogio badalava as ultimas baladas da sete horas. Maria Helena dêixou o lêito e foi abluir se. Olhou o seu rosto no espelho: notou que seus olhos estavam inchados de tanto chorar. Sentia profunda inquietação interior. Tinha a impressão de ser uma arvôre atingida por um vendaval que arrebatara todas as folhas dêixando-a nua no inverno. Penteou os seus cabêlos notou que já estavam ficando grisalhos. Não ficou triste. Tem pessôas que quando encontra um cabêlo branco fica inquieta e préocupada porque o cabêlo branco é o inicio da velhiçe.

Ela perpassou o olhar pelo quarto e pausou na folhinha. Faltava trêis dias para ela completar quinze anos. Recordou os anos anteriores quando a sua saudosa mâe existia e fazia doçes para festêjar o seu aniversario. E fazia quarenta dias que a morte lhe arrebatara. E ela estava inconsolavel. Chorava inenterruptamente porque a perda de sua mâe havia transformado o curso de sua vida. Foi obrigada a dêixar os estudos para cuidar das crianças. Trêis irmâus menores. Ela não sabia cosinhar. Salgava a comida que ficava insipida e as crianças não comiam, e ela jogava fora. O pae lhe repreendia, amavelmente.

— Minha filha! Nós não estamos em condições de jogar comida fora. Com a morte de tua mâe eu fiquei endividado. E eu não posso pagar uma empregada para cuidar da casa. Eu tenho que contar unicamente com você. A tua mâe cuidava da casa e ainda custurava pra fora para custear os teus estudos.

E a sua maior préocupação era a hora de tempérar a comida. Ficava nervosa. Lavar as roupas, passar e tolerar os lamentos das crianças, dizendo a todos instantes; eu quero a mamâe! As crianças choravam e abraçava-lhe, e suplicava-lhe:

— Vae buscar a mamâe! Vae Dinda!
So as pessôas de fora é quem lhe chamava de Maria Helena. Em casa ela era a Dinda. Foi depôis que Dona Rosa extinguiu-se, que Maria Helena ficou compreendendo que uma bôa mâe, é uma estrela no lar. É um farol de ouro, a guiar os passos dos seus entes queridos. Sobressaltou-se, quando ouviu os passos de seu pae. Seus olhares encontraram-se. Alegria havia ausentado, do rôsto de seu pae.
— O almoço está pronto papae. A mamâe cosinhava tâo bem. Eu vou aprender cosinhar igual a ela.
— A sua mâe era muito caprichosa. Foi bôa esposa. Porisso enquanto eu existir, hei de venéra-la. Ela amava-me! Não sou infeliz, tive amisade sinçera de tua mâe. Uma amisade forte igual as raizes quando penétram no solo.
— Vamos almoçar papae!
Ele achou a comida gostósa. Sorriu e disse-lhe:
— Você já está melhorando.
As crianças não prostestava e repitiram a comida.
— Eh! Hoje não tivemos choro!
Já estavam conformando com a ausência de sua mâe. Roberto estava trabalhando porque não podia prosseguir nos estudos. Ele queria ser doutor. Agora faltava os êlogios de sua mâe que lhe estimulava. Folheava seus cadernos para ver as notas, e dizia:
— Que letra bonita!
Maria Helena foi habituando-se a trabalhar. E pouco a pouco, ia reintegrando-se na vida outra vez. Tinha a impressão que havia sido afastada do mundo. Ela preparava as crianças para ir a escola. E passava as roupas de seu pae, que dizia:
— Eu não quero relachar. Quero conservar bôa aparência. Não quero ver o meu lar desfêito porque tenho vocês. Não quero vê-los transviados. A unica coisa que eu desêjo, é que meus filhos, sêjam sementes preciosas.
Filhos ajuizados, os paes não sofrem. E o olhar mêigo do senhor Pedro, perpassou pelos rôstos de seus filhos. Havia liquidado a suas dividas, e pretendia dar lhes mais conforto.

Roberto estava progredindo no trabalho. Era integro, e porisso havia sido promovido diversas vezes. Aos sabados trabalhava até ao mêio dia, e no retorno ao lar, comprava um bolo, ou frango assado para suas irmans.

No quintal tinha uma manguêira frondosa, ele, e seu pae, sentavam na sombra da manguêira e conversavam horas, e horas. Ele dizia:

— Sabe papae, eu estou tão contente com a minha vida! Tem pessôas que acha o mundo ruim. Mas, eu sinto não poder dizer o mêsmo! Sabe papae! O que auxilia um homem vençêr na vida não é a sorte como pensam muitas pessôas. Na minha opinião, o que auxilia o homem é a integridade.

— Muito bem meu filho! A integridade é uma escada que condus o homem até o ultimo andar do céu.

Roberto ia tocar vitrola, e o som chegava até aos ouvidos do senhor Pedro, que estava contente com as ideias nobres do seu filho.

Ficou contente quando ele cumunicou-lhe que ia casar-se.

— Ela, é bôazinha?

— É um anjo papae!

— A tempos eu disse isto, referindo na tua mâe. E a mulher que entrar na vida de um homem, deve entrar igual um anjo. Porque entrar igual ao diabo, não da certo. O meu lar foi um lar tranquilo, tua mâe, presou-me. Não pôis outro homem por cima de mim. Quando eu casei, eu era indolente. Depôis eu fui perçebendo que a tua mâe era bôa, começei trabalhar com denodo e assiduidade. As sugestões para comprar algo, partia de mim. Porque a tua mâe, não era exigente. A sua mâe não escravisou-me.

E o dia que Roberto, levou a noiva na sua casa foi um dia de fésta! Maria Emilia era tão agradável. Conversou com o senhor Pedro amavelmente. Ajudou Helena arrumar a cosinha. Quando ela despediu-se dêixou bôas impressões.

— Que tal a minha nóiva papae?

— Pareçe ser bôa.

— O senhor apréciou-a? O senhor que é juiz, que conheçe tão bem as mulheres?

O senhor Pedro ficou procurando uma palavra adequada e propria para responder ao seu filho. E aquela delonga dêixou Roberto préocupado.

— Você gosta dela... casa-se.

As duas irmans de Roberto iam diplomar-se e tinham pretensôes. Uma ia ser custureira. A outra queria ser pianista. Mas dessistiu quando compreendeu que não podia comprar piano, e nem pagar professor. Porisso não sabia em que ia trabalhar. Maria Emilia quando saia, ia procura-las para leva-las ao cinema. Vocês precisa ir infiltrando-se na sociedade, podem conseguir bôas amisades e bôas colocaçôes.

Maria Emilia não trabalhava porque era filha unica. E o seu pae estava bem de vida, pareçe que a Deusa que porpociona riquêsas perseguia-lhe. Era a sua sombra. Vivia despréocupada presenteava as futuras cunhadas, e ao futuro sogro.

E assim, foi penétrando nos coracôes dos deçendentes do senhor Pedro Lopes. E ele dizia:

— Ela é digna de pertençer a minha familia.

Quando o casamento realisou se, que alegria. Que festa suntuosa! Que fartura!

Maria Helena dançou, cantou e dançou varias vezes com o Raul Amaral. Quando ele disse que era estudante, e que pretendia formar-se, ela pôis os olhos no solo.

Ele perçebeu que havia algo préocupando-lhe. Interrogou-a.

— O que se passa? Eu disse algo que maguou-te?

— Mencionaste algo que eu desêjei e não consegui.

— Não fiques triste Helena. Êxiste varias pessôas que encontram habismos na vida. Se estiver ao meu alcançe, terei imenso prazer em auxiliar-te. Amou alguem e não foi correspondida?

— Amêi o estudo. E não pude estudar. Êxiste desêjos que não médram. Mas eu ja estou ressignada.

Seus olhares encontraram-se. Ele sorriu-lhe.

— Começo admirar-te porque acho bonito quem sabe con-

formar-se. Voçe é tão sensata. Estou satisfêito por ter vindo nesta fésta. Porque encontrei-te. E levo de voçe uma recordação agradavel. Vamos dançar. Voçe vêio aqui com a intenção de dançar. Não quero impedir-te de divirtir se.
— Eu estou aqui porque sou irmâ de Roberto...
— Ah... você é cunhada de Maria Emilia?
— Ela agora mesclou-se na nossa familia. Estou pidindo a Deus para que ela faça a felicidade de Roberto.
— É... este é o desêjo de todos quando assiste uma nupcia. Ha casamentos, que a gente em vez de dar os parabens, devia dar os pesêmes.
— Quem ouvir-te, ha de dizer que voçe foi infeliz no casamento.
— Eu já vi os meus amigos sofrendo.
Ela dirigiu o seu olhar na direção de Maria Emilia, que estava deslumbrante com o seu trage nupcial. Disse com tristêsa na voz!
— Eu acho tão bonito o trage nupcial. Ela, deve estar contente.
Sobressaltou-se quando ouviu a voz de seu pae convidando-a para ir-se embora. Que ele precisava trabalhar.
— Pôis não papae! Sêja fêita a tua vontade. Eu vou procurar a Carmem, e a Lourdes. Com liçença senhor Raul Amaral. Fica conversando com o papae. Ele ha de gostar de voçê, porque você é agradavel.
Ela saiu e o senhor Pedro ficou olhando-a com prazer. Disse:
— Eu gosto da minha filha! Ela é a copia fiel de minha saudosa esposa. Ela não sabia protéstar. Obedecia-me sempre. Ela nunca respondeu-me. Presava os meus desêjos. Estava sempre contente. Demostrando que apréciava a minha companhia.
Roberto, aproximou-se fitando o rôsto anôso de seu pae:
— A Helena disse-me que o senhor quer ir-se embora.
— Preciso meu filho! Estou fatigado. Você é jovem não cança. A cançeira, a tristêsa, a saudade é o trio que procura so os

velhos. Mas um debate entre velhos e jovens não ha vençedores. O velho quer orientar o jovem. Mas os jovens são obstinados.

Raul sorriu e disse: Acho bonito os debates de pae e filho. Debates que não tem consequência trágica porque o pae não agride o filho. E nem o filho agride o pae. Eu estou apréciando a sua familia senhor Pedro. E a senhorita Helena já convidou-me para eu ir na sua ressidência.

— Pode ir, que ha de ser bem recebido.

E foi assim que nasçeu amisade de Raul, e Helena. Ele passou a frequentar a sua casa. E amisade entre os dôis, foi creçendo igual o sol quando vae inclinando-se no espaço. Quando ele falava de sua vida, era um relato triste, sem encanto. Porque a vida de um orfo é uma vida vazia. Igual um dezerto sem arvôre.

— Eu sempre ouvi dizer que as caricias maternas é a coisa mais deslumbrante do mundo. E eu, não posso descreve-la. Eu estava com um ano quando a morte arrebatou-lhe. Agora tenho você que agrada-me. E está substituindo minha mâe. Você vae ser a minha madrinha no dia da minha formatura.

— Entâo eu vou dar-te uma camisa, e uma gravata.

Helena comprou o tecido e fez a camisa para Raul. Eles quando não se viam, sentiam saudades.

Roberto, e Maria Emilia fôram ressidir se no centro da cidade. Seu pae deu-lhe de presente, um palacête magnifico e um automovel. Os que passavam pela rua, paravam para admirar o seu palaçête. E aquilo envaideçia o Roberto.

Quando nasceu o seu primeiro filho que fésta! Quanto progétos na mente de Maria Emilia. O meu filho, vae ser doutor. Roberto ficou ressentido com o nascimento do filho. Maria Emilia passou a préocupar-se mais com o filho. Quando nasçe um filho, a mulher coloca o esposo a direita, e o filho a esquerda. O lado do coração.

A nôite ela despertava e levantava. Ia até ao berço de seu filho, e ficava horas e horas olhando-o.

— Maria Emilia! Vem dêitar! Você resfria-se.
— É que eu senti saudades do meu filho, e vim vê-lo. Ele é tão bonito! Agora eu gosto imensamente de Deus por ter dado-me este filho. Este filho acabou de completar a minha vida. Agora eu tenho tudo no mundo. Não sei como é que tem mâe, que dão os filhos! Será que não tem dó? Será que não sente saudades? Será que não ama o seu fruto.

Roberto ficava ouvindo o dialogo de Maria Emilia. E durante o dia sentia sono. Ressignou-se porque no decorrer de nossa existência, a vida as vezes modifica-se. Quando um filho nasçe, é alegria no lar. Quando um filho morre é tristêsa no lar. Quando um filho é bom elemento, que prazer para os pâes. A mâe menciona o nome do filho com orgulho. Mas um filho que transvia-se e faz a sua mâe chorar é um ingrato. Está retribuindo o desvelo com agruras.

O batisado do filho foi o acontecimento sensacional do ano. Retratos nos jornaes e televisionado. Escolheu pessôas de destaque para batisa-lo.

Roberto pretendia convidar o seu pae para ser o padrinho de Renato. Não manifestou-se porque sabia que Maria Emilia ia protestar. Ele já estava começando antepatisar-se com o seu lar porque ele ali não tinha ação. Pensava: A vida do papae, não foi assim.

Maria Emilia não dispunha de tempo para ir visitar o seu pae. O seu nucleo era outro. Dava preferências aos ricos. Compareceu ao casamento de Helena com Raul por formalidade. Demorou o menos possivel.

O senhor Pedro disse-lhe:
— Você está tão diferente. Não vem visitar-me tem dia que eu tenho saudades do meu neto. Mas, quando vou lá, não te encontro. O Roberto tambem custa aparecer ele, é um êlo que desligou-se.

Maria Emilia respirava aliviada quando dêixava aquela casa. As vezes mandava presentes para as cunhadas. Com o casamento de Helena o senhor Pedro ficou tranquilo porque já estava anôso e começando ficar doente. Já estava aposentado. Helena cuidava de casa e custurava pra fora. Dizia:

— A minha vida coincide com a de mamâe.

Raul ganhava pouco. As vezes ela pensava: o Roberto dissipa tanto podia nos ajudar. Pareçe que ele esqueçeu a sua origem humilde. A casa paterna, é a casa matriz. A casa que não deve ser olvidada pelo filho.

Quando nasçeu a filha de Helena ela ficou contente. Convidou seu pae para ser o padrinho, ele ficou contente.

Roberto, e sua esposa, e seu filho Renato fôram na festa que foi simples, mas agradou a todos. Renatinho já estava com um ano. Estava aprendendo falar. Olhava, e indicava: nenê. Maria Emilia sorrindo dizia-lhe:

— É o nênêzinho da titia.

Ela olhou o relógio e convidou seu esposo para ir-se embora.

— Está na hora de dêitar o Renato.

Ela não deitava o Renato na cama de suas tias com medo de microbios. Condusia uma sacola especial para guardar a mamadeira e agua fervida para o Renato.

E assim, eles fôram vivendo. Helena criando a sua filha. E Maria Emilia criando o seu filho. Quando Renato visitava a sua tia queria brincar com Rosinha. Na hora de ir para casa era uma choradeira. Ele queria ficar para brincar com a prima.

Maria Emilia não lhe permitia brincar com outras crianças com medo de microbios e quando ele via a prima ficava atraido.

Maria Emilia era obrigada a leva-lo diariamente na casa de seu sogro porque ele gostava imensamente da casa do vôvô. E o senhor Pedro ficava satisfêito com as atençôes de seu neto, que bêijava todos quando chegava e quando saia.

Já fazia um ano que Renato estava na escola quando Olga entrou. Ele lhe ensinava as primeiras lições. Era tão calmo para ensina-la que em trêis mêses, ela já sabia lêr. Ele ia leva-la em casa, e jantava na casa do vôvô. Nos dramas escolares Rosa era a primeira atriz, e ele o galâ. E representavam tão bem que já estavam tornando-se popular. Quando alguem êlogiava os, eles ficavam contentes.

Quando ele ia fazer compras açêitava as sugestôes de Rosa, e ela, era a mêsma coisa. Dizia sorrindo:

— Eu sou a tua sombra. É o que ouço dizer entre as colégas. Que eu e você somos siamês.

— Que bom se nós fôssemos siamês!

Ele sorria satisfêito.

Ele saiu da escola, e ela continuou. Durante o dia telefonavam. E a nôite encontravam-se iam ao cinema. Que prazer para sua mâe quando ele ingressou na faculdade. Era o seu sonho realisando. Quando ele estudava ela fitava-o com prazer. Lhe condusia a escola no seu carro ultimo tipo. Ele não tinha liberdade. Não era dono de suas açôes.

Ela, não permitia que o Renato, brincasse com os colégas. Dizia:

— Eles, podem corromper-te. E eu não quero ver o teu nome declinando. Eu quero te ver sempre no cimo da vida, e da sociedade. Você é a minha vida. Quero preparar para você, um roteiro de viludo adornado de flores.

Ele ouvia em silêncio. Sua fisionomia não demostrava se estava triste, ou satisfêito com a sua existência de flôr da estufa.

Quando brigava na escola, brigava com palavras porque se fosse lutar perdia. E os colegas lhe vaiava e dizia:

— Fraco! Fraco! Fraco! Ele ainda é o queridinho da mamãe.

Ele não imprécionava. Não tinha oportunidade de conversar com os colégas porque a sua mãe chegava dez minutos antes de terminar a aula. Seus colégas criticava-o dizendo:

— La vae a orquidéa. A sensitiva!

Invejava-o quando chovia e a sua mãe vinha busca-lo e trazia capa, galochas, e mêias de lã e luvas. Os colégas diziam:

— La vae o lorde.
Ele conservava o olhos fitos no solo. Os colégas diziam:
— Os ricos não gostam dos pobres. Eles podiam levar um de nós no seu carro. Precisamos ensinar este futuro dr. Renato, o que é solidariedade. O homem precisa mesclar-se com a turba para ter valôr.
Quando visitava o vôvô sentia-se a vontade. A tia Helena, preparava os seus pratos prediletos. E ouvia as musicas que ele gostava sentava perto do seu avô, para ouvi-lo falar de sua avó.
Ele suspirava e dizia:
— Até eu, gostaria de conhecê-la. Mas a fatalidade não permitiu que ela esperasse me. E o senhor deve ter sofrido muito?
— Se sofri! Quando perdi a tua avó, tive a impressão que havia amputado os meus membros. Pensei tantas coisas num segundo. Pensei até transformar-me em eremita. Ir viver na selva. Entre as avês e as arvores. Alimentar-me com frutas selvagens. Quando um de meus filhos pronunciava papae: eu voltava a realidade. E pouco a pouco, eu fui ressignando. Quando a campanhinha tilintava Renato dizia: é a mamâe!
E acêrtava. Maria Emilia penetrava veloz. E os seus olhos percorria a sala.
— Oh! Renato. Que susto! Você antes de vir aqui avisa-me. Você atrasou-se. Fiquei preocupada. Eu tive visitas e não pude ir buscar-te. Telefonei e o diretôr disse que você havia saído sem incidente.
O senhor Pedro, ouvia e dizia:
— Ora Maria Emilia! Você precisa dêixar o Renato, livre. O homem precisa ir dessinvolvendo sosinho.
— Eu não gosto que o Renato, venha aqui. O senhor interfere-se e vae prejudica-lo impedindo-me de educa-lo como pretendo.
— Eu penso que um avó, não tem nada que ver com a educação do neto.
— Oh! mamâe! A senhora falando assim, magôa o vôvô.
— Ora meu filho! Tem coisas que é melhor relatar do que ocultar-se.

— O vôvô é tão bom! Reçebe-me tão bem. E eu, não pretendo dêixar de vir aqui. A nossa amisade não pode côartar-se. É por seu intermédio que eu estou no mundo. O vovo é nosso tronco. O vôvô envelheçeu sem transviar-se. E eu pretendo trata-lo bem porque sou o seu unico néto. Ele tem tanta experiência de vida e eu gosto de ouvi-lo falar do seu passado.

Maria Emilia, olhou o seu sogro com desdem e disse:
— Tambem nesta idade, quem não conseguio furtuna deve ter conseguido sapiência.

A polêmica se desfez igual fumaça no espaço quando Rosa penetrou-se.
— Bôa-nôite titia! A senhora está sempre bonita! Fez um contrato com a belêza. E fez um contrato com a mocidade. E elas impede que a fêiura e a velhiçe te procura. A senhora vae jantar conôsco?
— Não posso! Eu vim só buscar o Renato. Quando ele não apareçe, eu já sei, que está aqui!

Os olhos de Rosa, pousou no rôsto de Renato.
— Oh! Renato! Eu te quero muito bem porque não nos olvida. O vôvô é quem aprécia a sua visita.

Helena, surgiu com uma bandêija de café. Maria Emilia, recusou-se. Disse que estava nervosa. Renato, bebeu uma xicara e repitiu:
— Gosto de tudo que a titia faz. O tio Raul, acêrtou casando-se com a senhora! Será que a Rosa vae ser igual a senhora?
— Ela é mais caprichosa do que eu. Já aprendeu cosinhar e custurar. Se ela casar com um homem que não pode pagar empregada ela sabe dirigir a casa.
— Vamos embora Renato!

Ele olhou sua mâe e levantou-se de mau humôr.
— Ate-logo.

Bêijou o seu avô e disse:
— O primeiro bêijo é do senhor. Quando tiver crisma o senhor vae ser o meu padrinho.

41

O senhor Pedro, sorriu satisfêito. Como é bom a gente ter alguem que gosta da gente.

Bêijou Rosa, e disse-lhe:

— Domingo eu venho almoçar aqui, e você é que vae preparar o almoço. Quero ver se voce sabe cosinhar. Depôis que eu me formar pretendo casar-me com você e quero ir conheçendo tuas habilidades. Um homem sabendo que a mulher que ele vae casar-se é caprichósa, ele em vez de dar-lhe um chalé, da-lhe, um palaçête.

— Oh! Renato!

O expanto de Maria Emilia, fez com que todos lhe olhasse.

— Você está doente! Vou levar-te num pesquiatra!

Empurrou-lhe na direção da porta. Foi a primeira vez que ele saiu sem bêijar a sua tia. Ia na frente de sua mâe dizendo:

— Eu volto! Ouviu vôvô!

Quando ele saiu o senhor Pedro deu um longo suspiro. Perpassou o olhar pelo aposento. Olhando as paredes que estavam precisando de pintura. Quando a Maria Emilia, apareçe por aqui, representa uma cena dessagradavel propria para os incultos. O meu filho já faz tempo que não apareçe por aqui. Penso que ele precisa pidir-lhe licença para sair. Pobre filho! Tem certos casamentos que arruina a vida de um homem! Ele não ha de querer divorciar para não desfazer o lar. E a separações dos casaes prejudica a formação Moral de um filho. Fere a sua sensibilidade. Como é bonito um casal sensato onde a vida deslisa, sem predominantes, sem predominados. Mas o meu néto é bom. Ele ha de transformar os modos insocial de sua mãe. Ele é igual avó. Ela, não era petulante.

Rosa ficou triste, quando viu seu avô ir dêitar-se, sem jantar porque, ele, era sensivel.

Quando Renato chegou em casa entrou e sua mâe entrou atráz pensou: Eu hei de estar sempre na sua frente. Diante dos seus olhos. Seu pae estava sentado no divã lendo o jornal perçebeu que havia algo entre eles. Mas, não ia interrogar-los porque não apreciava quêstans. Se perguntava a sua esposa onde havia ido pronto.

Era a mêsma coisa que provocar um inçendio com gáz e gasolina. Não açêitava observação. Não ouvia para compreendê-lo e exaltava, suas respostas lhe dêixava descontente da vida. O seu olhar percorria aquela sala maravilhosa. Ornada com ricos quadros e mulduras artisticas. Os tapetes de viludo de seda. Mas ele, tinha a impressão, de ser um passaro numa gaiola de ouro.

A criada anunciou o jantar. Quem sentou na mêsa para jantar foi so ele, e seu filho Renato. Que disse-lhe:

— Sabe papae, eu convidei o vôvô para crismar-me. Ele acêitou. Disse que está contente de ser o padrinho dos seus unicos netos. Agora é moda os casaes ter apénas um filho. Quando eu me casar, quero ser o dono do meu lar igual o vovo. Não quero casar com moça rica. Porque a rica, predomina.

Roberto sobressaltou-se e perguntou-lhe:

— Você está advertindo-me? Se for advertência ela chegou muito tarde. Se você está recriminando-me eu era insensato quando casei. Os incientes, são os que erram na vida. Eu não tinha noção de que a mulher rica prevaleçe. Fitou o rôsto jovem de seu filho. Você ha de classificar-me um fraco. Quando um homem casa com uma mulher atrabiliaria ritira a sua imagem do pensamento, e vae vivendo com ela, por formalidade.

Passou as mâos pelos cabêlos semi grisalhos. Lamentou:

— A nossa vida podia ser tão deferente. Temos tudo, para sermos feliz. Mas, aconteçe que a fôrca maior está sempre com os insensatos. Aqui quem tem dinheiro é a tua mâe. Porisso ela ha de ser a rainha e nós os suditos. O que agrada-me, é que você compreende-me. Nossos ideaes estão vis-a vis. Quando falo com você recordo a minha saudosa mâe. Eu fui um menino feliz.

Renato olhou o rôsto e seu pae e disse:

— Eu, sinto não poder dizer o mêsmo!

A conversa foi interrompida porque a Maria Emilia, vêio perguntar se ele tinha lições.

— Tenho mamâe. Mas, não vou fazer.

— Pelo que vêjo, você dicidiu dessobedecer-me. É o que se dá, unir duas familias de classes diferentes. São antágonicas. E o chumbo, vis-a vis com o diamante.

— E quem é o diamante mamâe? A senhora ou o vôvô?

— Você está ficando impossivel!

— É uma pena, a senhora não compreender me. Eu tenho a impressão, que estou dentro de um frasco, sem poder mecher os membros.

Roberto saiu da mêsa e foi para o seu quarto. Já estava cansado daquela vida de direta e indireta. Ele achava horrivel a sua existência no mundo. Tinha a impressão de estar num hotel contra a sua vontade.

Adimirava as familias que viviam unidas igual os membros no tronco. O seu desgosto era o seu pae nunca ter ido visita-lo. Um dia conversando com o seu pae, ele disse-lhe:

— Quando sêi que aborreco-me, num lugar, não vou.

Quando saia com a sua esposa notava os olhares de adimiracão que ela recebia. Muitas lhe invejava. No baile da faculdade Renato convidou a Rosa. Ela não queria ir.

— Sua mâe não acata à nossa amisade. Ela nos reçebe com patadas.

— Mas você tem que ir porque quero que voce vá.

— Está bem Renato, so para agradar-te eu vou.

Ele sorriu satisfêito.

— Eu não tenho toiléte adequado para infiltrar-me no nucleo preferido de tua mâe.

Ele deu-lhe dôis mil cruzeiros.

— Oh! Renato, muito obrigada. Eu vou comprar um tecido bonito que eu vi numa loja. Você transforma o meu sonho em realidade. Você é muito sensato. Da um pouco de alegria aos parentes que não fôram agraciados com a riquesa. Eu vou resar pidir a Deus para espichar a tua vida aqui na terra, igual a massa de pasteis.

Combinaram encontrar-se na porta da faculdade. Dona Maria Emilia mandou fazer uma toilête maravilhôsa para ela, e o

Renato. Convidou Marina para ir com ela. Marina era arquimiliónaria. Apresentou-a ao seu filho. Ele olhou-a com indiferença. Como se olha um obgéto, que não necessitamos.
— Ela é tão bonita! Não é Renato?
Ele levou um cigarro na boca e ficou procurando um fósforo. Apalpando os bolsos, e a pergunta de sua mâe ficou sem resposta.
Marina não apreciou a indiferênça de Renato. Ficou intrigada com o olhar reprovante de Maria Emilia.
— Você fuma meu filho?
— Fumo. O papae já sabe.
— Mas, eu não sabia.
— Eu já estou ficando homem. E preciso adiquirir habitos de homem.
Renato olhava em todas direcôes. Pidiu licença a sua mâe e saiu. Demorou uns cinco minutos e voltou condusindo Rosa pelo braço.
— Oh! Esclamou Maria Emilia, como se estivesse vendo uma visão.
— Apresento a minha ilustre prima Rosa Amaral.
— Prazer em conhecê-la.
— Bôa-nôite titia!
— Bôa-nôite. Vamos entrando porque está esfriando.
Ela seguia na frente e procurava a sua mêsa.
Renato ficou nervôso com a presença de Marina, pensava: Onde será que a mamâe arranja estes trastes. Tudo que a mamâe arranja ou faz dessagrada-me. O baile iniciou e ele começou dançar com a Rosa. Infiltrava-se entre os seus colégas para não ir perto de sua mâe. Foi anunciado que o par que estivesse dançando, e que os nomes iniciavam com a mêsma letra ganhava um prêmio.
Renato sorriu e apresentou-se ao diretôr. Disse:
— Eu sou Renato, e ela é Rosa.
Fôram os unicos. Ficaram no centro e outros faziam hala. Maria Emilia observava o seu filho sorrir. Ele olhava Rosa fas-

cinado. Ela deu um longo suspiro. Despertei muito tarde! Dei ampla liberdade ao meu filho.

O presente que Renato ganhou foi um corte de lâ. E a Rosa um casaco de pele.

— Oh! Renato que bom! Você me da sorte. Muito obrigada. Eu sempre desêjei um casaco de pele.

— Você desêja so o casaco de pele?

— Desêjo... ser tua esposa!

— Que honra para mim. Já tenho quem deseja possuir-me.

Marina não dançou com ninguem. Quando o baile terminou, Maria Emilia, foi leva-la na sua ressidência.

— Vêja que palacête magnifico!

Ele olhou e disse:

— São Paulo é a terra dos palacêtes magnificos. Bôa-nôite Marina.

Ela galgou as escadas sem responder.

— Agora vamos levar a Rosa.

— Você sempre arranja confusão para mim.

— Oh titia! Eu vim porque o Renato insistiu.

— E você teve sorte! Ganhou um lindo casaco. Tambem você para possuir um casaco, so assim. Porque é uma funcionária. O que ganha não dá. E pelo que vêjo você aspira infiltrar-se na sociedade. E porisso fica farêjando o rostro de Renato.

— Pareçe que a senhora pretende deligar se de nós. Porque a senhora é quem nos regride.

Renato impeliu o carro porque ele já sabia guiar e queria livrar sua prima das palavras arrida de sua mâe. Rosa respirou aliviada quando chegaram.

Renato acompanhou-lhe até a porta. Disse-lhe:

— Não fiques tristes porque você estará sempre, no meu pensamento. E é hospede diléta do meu coração.

— Anda Renato!

Ele sobressaltou-se e saiu correndo. Rosa pensou: Sempre ela, a nos separar. Seu olhar percorreu o espaço o céu estava adornado de estrelas. E a viração perpassava tepida. O cheiro das flores penétrou nas suas narinas. Encostou-se na porta e ficou pensando: Se eu pudesse ritirar o meu primo do meu pensamento!... Pareçe que a sua imagem está colada na minha mente. Eu quero esquecê-lo e não consigo. Tenho a impressão que entre nós ha um habismo intranspunivel, e nós estamos vis-a vis sem poder nos dar as mâos. O habismo, é a titia.

Começou chorar! A fésta esteve otima. Mas as palavras duras de sua tia, foi igual um vendaval despetalando as rosas de uma rosêira. Eu queria e quero levar uma vida deçente, isenta de sacrificios. E se eu me casasse, com o Renato? Os meus desêjos havia de ser concretisado. Tenho a impressão que estou no incio de uma escada. A sorte quer impelir-me para o cimo a falidade quer impedir a minha ascenção.

Ela estava quente dentro do casaco de pele. Mas estava inquieta interiormente sentia-se que a vida para ela ia ser agra, hédionda e triste. O homem prediléto é o alvo de uma mulher. Ritirou o lenço da bolsa limpou as faces humidas pelas lagrimas, e introdusio a chave na fechadura. A porta abriu ela entrou, e foi avisar a sua mâe que já estava em casa e mostrou-lhe o lindo casaco de pele que havia ganhado.

— Eu não esperava ganhar este presente. A vida nos reserva surpresas de varias especie.

— E você ficou bonita com ele. Pareçe que foi fêito sob medida. Você voltou satisfêita?

— Não. Porque a titia estava presente. Ela levou uma dona para dançar com o Renato e ele não notou a sua presença.

— E como é a moça?

— Estava bem vestida. Deve ser muito rica. Porque a titia tratou-lhe com frases de viludo. E apresentou-a para os diretores da faculdade. Ela evitava olhar para mim, pareçe que tem nôjo de nós.

— Deus é grande. Os orgulhosos tem suas recompensas funéstas.

— E recompensas funestas! Ponderou Dona Helena condoida

das humilhações, que a sua filha recebia de sua cunhada. — Vae dêitar-se ja é tarde e você precisa ir trabalhar.

Ela bêijou sua mâe e fitou o rôsto sereno de seu pae, que dormia tranquilamente.

Dona Maria Emilia foi reprehendo o seu filho.

— Não tome uma decisão sem consultar-me. Eu convidei a Marina para dançar com voçê. Ela é da alta sociedade. O seu pae tem varios edificios. Não é pelada igual a sua prima.

Ele ficou furioso!

— Talvez ela sêja mais pelada do que a minha nobre prima.

Dona Maria Emilia deu um muchocho ironico.

— Reserva estas palavras ilustres para a Marina. Marina é um nome que ouço hoje. E a Rosa é um nome que conheço dêsde o inicio da minha existência.

— Não apréciei aquela jovem. Não é meu tipo.

— Percibi que ela confia muito no seu dinheiro. E esta especie de mulher não permite um homem ter ação.

— Você está obsecado com a sua prima. Mas eu não vou permitir esta união. Chumbo, com chumbo não forma joia. É preciso unir a prata com o ouro, e o brilhante com a platina.

— Pois é mamâe! A senhora tira todo o valôr da Rosa. Mas para mim, so existe a Rosa.

Respirou aliviado quando chegaram na sua casa. Seu olhar percorreu ao redor da casa, que era magnifica. Mas ele tinha a impressão que estava ali contra a sua vontade.

Por varios dias perçebeu que sua mãe estava préocupada. Não dava muita atenção nem a ele, nem ao seu pae. Ela é quem lhe dava a mêsada, e ja estava atrasada. Ele estava sem dinheiro porque deu a metade para a Rosa. Recorreu ao seu pae. Relatou que havia dado a metade da sua mesada para a Rosa preparar e ir ao baile. Ela quase não diverte-se. E os bailes das faculdades, são deçentes. E ela sabe comportar-se nestes nucleos. É tão feminina que eu tenho a impresão de estar condusindo um bibelot.

O seu pae deu-lhe o dinheiro sem preambulos. Estava satisfeito com o gesto correto de seu filho, que devia até reçeber parabens.

No outro dia ele foi visitar o seu pae. Quando o velho viu o rôsto triste, e polido do seu filho ficou inquieto, e alegre com a visita. Disse-lhe:

— Pensei que havia olvidado-me e que eu ia morrer sem rever-te. Você sabe que é você que deve vir visitar-me. Eu indo na tua casa penso que vou causar dissabores. Tem familias que são iguaes as maquinas que quando exclue uma peca ela enferruja e a maquina, fica encrencando. A peça que enferruja, que encrenca na nossa familia, é a tua esposa. Os homens fracos não devem casar-se. Você dêixou a tua mulher dominar-te. Ela anula os teus progétos. Ela segue na frente, e você atraz. Quem não se sente a vontade nêste mundo, acaba aborreçendo-se dele. Eu adoro a minha Helena. Trata o Raul com carinho. O anos passam e ele não envelheçe. Quem não nos conheçe não vae nos distinguir. É você quem pareçe ser meu pae. Ja faz sêis mêses que não vejo-te. Senta. Esta casa foi é, e será sempre tua.

Ele perpassou o olhar pela sala e pousou no retrato de sua mãe. Começou recordar a sua vida. Quadra ditosa para ele. Ritirou o olhar do quadro e fitou seu pae. Perguntou-lhe:

— E o senhor como vae?

— Eu vou indo. Vivendo até chegar a minha hora. E o Renato? Porque dêixou de vir ver-me?

— E a época dos exames.

— Exame, ou vechame impostos pela tua mulher! Eu penso assim que não devemos inimisar-se, com quem não quer inimisar-se com a gente. Eu não tolero quem gosta de selécionar. A tua mulher antes de mesclar-se com a nossa familia era tão agradavel. A sua atitude atualmente me dêixa chocado. E os teus negocios como vão indo?

— Vão indo bem. Eu agora sou o segundo gerente da firma.

— É bom prospérar na vida. A prosperidade duplica-se a confiança em nós mêsmo.

— O que perçêbo da para pagar a escola para o Renato. Ele quer ser médico.

— Otimo. O médico é um batalhadôr que esforça para prolongar a vida do semelhante. E eu, será que viverei para ver o meu néto usando o anel de doutôr no dêdo?

Roberto olhou o rôsto enrugado do seu pae seus cabêlos cor de neve.

— Ha de viver se Deus quizer. O senhor é de bôa constituição.

— Engana meu filho! Quando os desgostos invade os nossos corações a resistência fisíca vae côartando. Os velhos são como as crianças quando adoram um brinquêdo não querem perdê-lo. E eu adoro o meu neto, mas não posso conserva-lo ao meu lado. Quando eu vi o meu neto pequeno fique tão contente. Que eu não sabia se cantava, ou chorava de alegria. Era a minha genéalogia medrando. Uma casa para ser alegre precisa ter sempre uma criança. Eu aprécio as travessuras infantis.

Roberto, quando estava na presença de seu pae pensava em adotar outra atitude com a sua esposa. Suplicar-lhe para não magua-lo. Que enquanto o mundo existir, os avós hão de demostrar aféto aos nétos.

Mas, quando chegava em casa bastava o olhar altivo de sua esposa para ele ir transferindo a sua advertência.

— Telefonei para o escritorio e você não estava. Onde foi?

— Visitar o papae.

Ela, fitava-o com os olhos semi-cerrados.

— Devia avisar-me. Porque fiquei espérando-te para jantar.

— Desculpa-me por esta vez. Quando é você que atrasa, eu espero-te, sem exaltar recriminações. Se eu soubesse que o casamento impedia a liberdade do homem não me casava. Tenho a impressão que estou preso numa gaiola.

Ela lhe dirigia um olhar arrogante.

— Voce deve dar-se por satisfêito por eu preferir-te porque eu, era preferida de muitos.

Ele ficava nervôso ia dêitar se sem jantar. Renato ficava remoendo. Com dó de seu pae que não merecia aquelas alfinêtadas.

Tinha impressão que entre eles não existia simpatia mutua. Quando o seu pae não sentava na mêsa ele ficava nervôso. Ela não préocupava-se. Disse-lhe:

— Amanhã é o aniversario de Marina. Ela nos convidou. Vae ter baile. A festa inicia as quatro horas da tarde. Você deve estar aqui as duas horas.

Renato recusou o café e foi para o seu quarto. Abriu a janela e ficou contemplando o bulicio da cidade. As corridas vertiginosas dos carros.

Seu olhar pousava ora aqui ora ali. Seguia com o olhar um passaro que passou v[o]ando ia onde lhe aprouvesse sem dar satisfaçoes dos seus atos. O sono surgiu ele foi pro lêito. Adormeçeu logo. Porque na mocidade tudo é mais intenso.

Despertou-se com a campanhinha tilintando. Era a sua mâe que tocava a campanhinha para desperta-lo. No quarto de sua mâe tinha varias campanhinhas que comunicava com todas dependências. Ele olhou o relogio era sete horas.

Dêixou o lêito e dirigiu-se para o banheiro para abluir-se. O contato com a agua reanimou. Seu pensamento entrou em ação ele começou pensar na Rosa. E ficou idealisando a sua vida ao lado dela. Tinha certêza que ia ser ditôso porque era da mêsma genealogia. E as suas amisades eram como uma haste que vae crescendo e as raizes vae se aprofundando. Queria varios filhos. Não queria imitar a sua mâe com um filho so.

Ele tinha vontade de ter uma irmâ. Mas ja estava compreendendo a realidade da vida que tem mais momentos de amarguras, do que de doçura. A beleza das coisas as vezes está so no pensamento. A realidade, é fêia como as trevas. Sobressaltou-se quando ouviu a voz de sua mâe perguntando-lhe se já estava pronto. Que o café já estava na mêsa. Ele preparou-se as pressas e foi tomar café. Estava indisposto. Comia sem vontade.

Atualmente ele estava dessinteressando por tudo que lhe rodeava. Sua mâe lhe observava, e olhava o relógio com recêio d'ele atrasar o horario escolar. Saiu, e foi ritirar o carro da garagem. Ele foi espera-la no portão.

O transito estava congéstionado. Demoraram para chegar na escola. As duas hóras em casa! A Marina não gosta de esperar. Quando a sua mâe falava na Marina, ele irritava-se. Quando mesclava-se com os colegas uns dizia-lhe:

— Você é que é feliz. Tem a sua mâe para condusir-te até aqui. Mâe, é um guarda costa maravílhôso.

Ele nem gasta sapatos porque não anda a-pe. Não conheçe os empurrôes do centro da cidade. Ele não dava atenção aos comentarios porque ficava olhando o carro de sua mâe distanciar-se. Perpassóu o olhar pelo espaço, as nuvens deslisavam para o poente. Pensava: Tudo tem vontade propria. E eu? Quem não sabe condusir-se não conheçe a si mêsmo. Dêixou de cismar quando iniciou as aulas. Ele estudava com interesse so para ser aprovado e reçêber os parabens de Rosa. Que lhe enaltecia a sua capacidade dêixando-o vaidôso.

Na hóra do lanche ele foi procurar o diretôr no seu escritorio. Quando penétrou na sala seu olhar percorreu-a toda fitando os retratos de todos que já haviam sido diretor da faculdade.

Era dificil um estudante procurar. O diretor ficou apreensivo vendo-o mas dominou seus recêios e perguntou-lhe:

— O que desêja?

— É que a minha mâe vem buscar-me para eu ir numa fésta. E eu, não quero ir. Porisso peço-o para dizer a minha mâe que eu não posso sair devido a um ensaio de tese.

O diretor prometeu-lhe que se incumbia de dizer-lhe.

Ele agradeçeu, e saiu sorrindo e pensando: Tenho a impressão que a minha mâe pressiona-me como se eu fosse um milho na mó. Tenho a impressão que eu estou rodando na vida sem saber que direção dêvo tomar.

Ele passou o dia na escola.

Quando chegou na sua casa sua mâe estava dêitada. Foi vê-la.

— Bôa-nôite mamãe.

Ela, olhou-o e não respondeu-lhe. Ele sentou-se dizendo:

— Eu estou tão cançado. Estudei tanto hoje que saturei-me de tanto escrever. A senhora está doente?

— Estou nervosa porque eu queria ir no aniversario de Marina e não fui. Eu não gosto de ver meus progétos tomar outro destino.
— O papae podia acompanhar-te. Ou a senhora não aprecia a companhia de papae?
— O teu pae não pode abandonar o escritório.
— E eu, não posso abandonar as aulas. Eu pensei na senhora e fiquei com dó. Mas precisava estudar uma tese.
— Ja sei. O diretor disse-me.

Maria Emilia ficou doente varios dias. O seu filho é quem dirigia o carro. Ia buscar a prima todas as nôites para passear. Iam aos theatros cinemas, e as vezes iam fora da cidade contemplar os prados com suas flores silvestres aspirar o aroma que exalava das flores. Ela colhia as flores silvestres achando-as maravilhósas. Ela fitava tanto o seu primo que ele sorrindo perguntava-lhe:
— Você olha-me tanto que fico encabulado. Pareçe um pintor quando fixa um olhar no modelo.
— É que eu acho o teu rôsto tâo bonito. Contemplo-te, e não encontro defeito.
— É que você é muito bôa e não quer maguar-me. Vou arquivar no meu cerebro os momentos maravilhosos que passamos juntos. Tem dia que eu tenho saudades de você.

Ela sorria.
— Você vive dentro da minha cabeça.
— Alegro-me ouvindo isto.

E assim eles passavam as tardes. Ao lado dela ele, tinha a impressão que era um titã. E fazia mil progétos de prosperidades no seu cerebro.

Quando iam nas féstas, ela, não notava a presença dos outros jovens. Sua atenção era toda para o Renato. É por teu intermédio que eu conheço a cidade.

Um domingo ele levou a tia e o seu avô para Santos. O velho gostou e disse:
— Como é bom ter um neto rico e generôso que não se afasta dos parentes pobres. Você ha de ser muito feliz.

— Feliz! Repetiu Renato fitando o rôsto de Rosa. Assim espero. Quando se vive sofrendo a vida perde o encanto. Ele gostava de olhar o rôsto do seu avô pensando: Estas barbas já foram pretas. Agora estão brancas.

O senhor Pedro observava a transformação da cidade com seus arranha-céus magéstôsos. Relembrando que ja havia conhecido casa de tabua, de pau-a-pique de adobe, e alvenaria. E ele já havia habitado estes tipos de casas. Até os transportes do passado lhe vinha a mente. Os carros de bois, os carros de praça as charretes, e os bondes condusido pelos burros. Depois vêio a eletricidade, e estes transportes morosos foram eliminados. Atualmente temos os aviões que quer competir com o pensamento. Ele olhou suas mâos enrrugadas e pensou: Eu tambem sou um traste do passado.

Ele vinha contemplando as paisagens maravilhosas e os vae e vem dos autos que circulavam.

O céu estava limpido com um disco solar semi-tepido.

Renato ia guiando dizia:

— Tenho que guiar com cuidado. Porque se acontecer um dessastre vou ficar pesarôso porque não quero ver nenhum de voces ferido. Vocês são meus entes queridos. Perdendo-os a vida para mim, perde o donaire.

Pararam numa planiçe e a Rosa foi colher flores. O Renato acompanhou-lhe.

— Ja percibi que você gosta imensamente de flores.

— Gosto muito mais de você! Se a titia resolver rifar-te eu compro todos bilhêtes.

— Quer dizer que você faz questã de possuir-me?

— Se faço! Pretendo confeccionar um excrinio para encerrar-te. O meu sonho e ver-te feliz! Eu estou sempre pidindo a Deus para ajudar-te.

Ele, ouvia entusiasmado a sua prima falar. Dizem que Deus atende os humildes.

— E eu, tenho certêza que Deus ha de atender-te com deferência especial.

Ele olhou o relogio.

— Vamos embora.

Penétraram no carro e zarparam-se. As flores silvestres atraia as abelhas que penétrava dentro do carro. Ia pousar nas flores os seus zumbidos eram os protestos ou talvez tristêza por ver as flores destacadas das hastes.

O disco solar penétrava quando eles chegaram em São Paulo. Sentiram frio, e procuraram os agasalhos. O seu tio Raul estava esperando-os. Ao ve-los sorriu-lhes. Renato pensou: os sorrisos é hospede fixo neste lar. Pareçe que alegria instalou difinitivamente aqui. Até eu, quando venho aqui transformo-me. Fico alegre.

Helena ritirou as sacolas do carro e os maiôt. Despiu-se, trocando o vistido novo e foi preparar o jantar. Ela relatava as ocorrências da viagem. E o seu esposo ouvia.

— Graças ao Renato divirtimos muito. Da gosto ter um sobrinho assim. Ha de ser muito feliz quem for tua esposa.

Ele jantou, e depôis despediu-se. Todos, fôram acompanhar-lhe ate ao portão. Entrou no carro. E o seu olhar perpassou nos rôstos dos seus parentes. Todos lhe olhavam demonstrando prazer de contempla-lo. O carro partiu e ele foi pensando que aquela nôite as orações de seus tios e avô era para ele. Haviam de pedir a Deus, para guiar os seus passos.

Quando chegou em casa encontrou sua mâe sentada no divâ.

— Oh! já está de pé? Folgo com isto! Graças a Deus a senhora está melhor. Como passaste o dia?

— Nervosa. Porque fiquei sosinha teu pae saiu. E você não disse-me onde eu podia encontrar-te pareçe que vocês toléra-me por formalidades. Se eu morrer... créio que não vou ter lagrimas já notei que vocês procuram varios pretextos para ficar longe de [...][1]

[...] que eu já sou um homem.

---

[1] Há uma página faltante no original, possivelmente devido às condições precárias de conservação do manuscrito.

— É que você estava com o carro e eu fico com reçêio de um dessastre.
— Quando estou guiando sou prudente.
Ela foi preparar o jantar para o seu esposo. Renato penétrou-se no seu quarto e ligou o radio. O silêncio naquela casa era assiduo. Roberto gostava de dêitar e ligar o radio. Mas a sua esposa protestava. Ele estava exausto que dêitou-se e adormeçeu logo.
Quando Renato foi ritirar o carro da garagem para ir a aula não encontrou a chave.
Foi pidir a sua mâe.
— Eu vou levar-te a escola.
Ele protestou-se.
— Eu já sou um homem. Até quando a senhora vae condusir-me ao banheiro na escola etc. A senhora devia tér outros filhos dividia o seu afeto entre os outros e todos havia de ser felizes.
Ela deu um longo suspiro. O seu olhar percorreu o espaco até pousar numa nuvem que era pequenina e girava sosinha como se estivesse a mesclar-se com as demaes.
— Eu não entendo o mundo. Se uma mâe despresa o filho é criticada. Se trata-o com desvê-lo, ele reclama que o afeto e inlimitado.
— É que eu já estou cançado das criticas dos colegas. A senhora sabe, que os alunos criticam tudo, observam tudo. E a maioria tiram deduções felinas.
Ele olhou o relogio e exclamou:
— Fiquei discutindo com a senhora e perdi a hóra. Cada vez que a senhora e eu conversamos discutimos. Pareçemos dôis visinhos nas polémicas. Eu ando tão nervôso que estou com vontade de arranjar um emprego, e ressidir numa pensão, e estudar a nôite. Tem hora que eu chego a invejar a vida dos orfos.
— Oh! Renato.
Ela sentou-se no paralama do carro, e começou chorar. E jogou-lhe a chave do carro.

— É que eu gosto de estar ao teu lado. So isto e nada mais. Não pretendo deturpar a tua vida.

Assim que ele entrou no carro ela levantou-se e ficou olhando ele distanciar-se, e pensou filho e igual um membro do corpo. Que se ficarmos sem ele nos faz falta. Pidiu a Deus para protêge-lo no transito. Passou o dia preocupada. Queria telefonar para a escola, para saber se ele havia chegado sem incidente. Não ritirava os olhos do relogio. Ficou contente quando viu o seu filho guardando o seu carro na garagem.

Ele entrou em casa cantando e ela ficou contemplando-o com prazer. Ele aproximou-se e bêijou lhe a fronte. Seus olhares, encontraram-se. Ela levantou-se e deu lhe um amplexo.

— Pensei que você estava mal comigo.

— Acariciou os cabêlos ondulados de sua mâe.

— Será que existe filhos que ficam de mal com a mâe?

— Eu estou alegre porque fui aprovado em todas materias. Pelos olhares que recibi na classe percebi que varios colegas invejou-me o professor disse-me: Renato! Voce é muito inteligente. Ele, disse ser meu fan. Quando alguem destaca-se entre os outros, reanima-se. E eu estou êmocionado. Percibi que o esforço recompensa a propria pessôa. Quem luta para vencer beneficia-a si proprio.

Ele introdusio a mão no bolso e ritirou um estôjo. Abriu e mostrou a sua mâe.

— Eu ganhei.

— Que bonito! É de ouro! Adimiro as pessôas que dão coisas uteis e valiosas. Quem deu-te este aparelho de barbear-se, está provando que gosta de você!

— Quem deu-te? Foi a Marina?

— Não senhora. Foi a Rosa.

— Ah! Se, ela, deu-te este presente a ideia deve ter promanado do cerebro do teu avô. Ele é o pendulo da familia. Ele não simpatisa comigo porque eu não adimito a sua atuação na minha vida. Da pra perceber que eles procura monopolisar-te. Para mim o teu avô é deçendente de pirata. Ele visa-te, porque es rico.

— Ora mamâe! A senhora tem a imaginação de novelista. Os avós gostam dos nétos. E o vôvô é um bom sugêito. Quando vou visita-lo sou recebido com deferência especial. A Rosa deu-me o estôjo por gratidão porque foi por meu intermédio que ela ganhou o casaco de pele. Disse-me que não olvida me. Que eu concretisei um de seus sonhos. Eu tenho tanta dó da titia pareçe que está tâo contente no mundo. Não lamenta. Não manifésta se pretende isto ou aquilo. Está sempre sorrindo. Penso que é porisso, que eu gosto de la. Porque, para mim, o sorrisso, é o adorno de um lar. E la, tem mais pessôas do que aqui. A titia gosta de flores e musicas. O radio está sempre ligado. Aqui, é diferente. O papae quando chega, vae para o escritorio. A senhora, vae para o seu quarto. E eu, quando chego vou para o meu quarto. Quando vou lá o vôvô me fala do esporte, da situação économica do pais e das amisades mundiaes de politicos, com politicos. O vôvô é sapiente.

A campanhinha tocou, ela foi atender.

— Oh! Marina! Entra.

Foi so o Renato ouvir pronunciar o nome de Marina e saiu pelos fundos.

Marina entrou e o seu olhar percorreu a sala. Disse:

— A senhora está sempre só quando venho visitar-te. Eu nunca encontro seus parentes aqui? Estão em divergências?

— Não. É que... eles tem tantas préocupações e não ha tempo dispuniveis para vir visitar-me. Eles trabalham. E nos dias de folgas, tem varias precupações. Com licença: eu vou chamar o Renato para comprimentar-te.

Ela percorreu a casa e o quintal não encontrou.

— Ele saiu. Com certêza foi visitar o avô. Se eu pudesse mudar... para o Rio de Janeiro! Sabe Marina, o Renato saiu. Você vae desculpar-lhe a ausencia.

— Eu já sei que os homens não gostam de ficar em casa. Eu vim convida-la para ir na minha fésta de formatura. Vou reçeber o meu diploma de pianista.

— Oh! meus parabens. O diploma é um atestado de perseverança e assiduidade nos estudos. E a tua mâe está contente?
— Está. E vae dar-me um lote de terras. Pretendo lécionar para construir uma casa e aluga-la. Ninguem deve ficar vacilando na vida: eu vou fazer isto ou aquilo. Precisamos pensar e agir. Eu quero pagar a construção da casa sozinha. Quem vençe só adiquire confiança em si.
— Quando vae ser a festa?
— Depôis de amanhâ. Aqui está o convite.
Dona Maria Emilia pegou o cartâo e leu.
— Atualmente a pessôa sem diploma não tem valôr. De dez em dez anos os tempos mudam-se.
Marina levantou-se. Pretendia ritirar-se. Dona Maria Emilia insistia para ela ficar e jantar.
— Não posso. Tenho muito que fazer.
Seu olhar pousou no estôjo que estava em cima da cristalêira. Pegou, abriu, e exclamou:
— Que maravilha! Que obra! Pareçe que foi fêito de encomenda. Está gravado. Renato! Quer dizer que ele ja está barbeando-se. A barba dêixa os jovens vaidosos. Quanto custou?
— Foi presente.
— E ele já usou?
— Ainda não. Penso que ele vae guarda-lo de lembrança.
Ela fechou o estôjo e disse:
— Joias, não deve ficar exposta.
Bêijou Dona Maria Emilia e saiu guiando o seu carro ultimo tipo. Dona Maria Emilia acompanhava-lhe com o olhar pensava: que jovem inteligente tem prevenção já quer construir casa. Quer lecionar. É rica, e não é idolente.
Deu um longo suspiro e pensou: Hoje, eu hei de conversar com o Renato seriamente. Pegou o estôjo e levou para o seu quarto para guarda-lo. A janela do quintal estava aberta. Olhou a garagem o carro estava lá.
— Ele saiu a-pé.

Ela olhou o relógio era cinco e mêia. Fechou a janela para não penétrar mosquitos, e foi para a sala de jantar.
A porta abriu, era o seu esposo que retornava-se.
— Bôa-noite Maria Emilia!
— Bôa-nôite Roberto!
— Como passaste o dia?
— Não ha vida sem aborrecimentos. Sempre surge algum freguês que reclama e as vezes suas reclamaçôes são injustas.
— Defende-se! Sugeriu Maria Emilia.
— Nem sempre podemos nos defender e ha certas defêsas que geram polémicas A sua vida no lar, é diferente. Você sarou?
— Agora estou melhor. A Marina deu-me uns comprimidos.
— Que tal é esta jovem?
— Porque me faz esta pergunta?
— E porque eu sou o chefe da casa e gosto de saber as qualidades das pessôas que nos visita para eu ter tranquilidade no trabalho.
Roberto despiu o palitol e pois nas costa da cadeira e disse-lhe:
— A coisa mais difícil que eu acho e conversar com voçê porque quando pergunto por alguem você responde-me, É rico! Você vê so as pessôas ricas. Voce isolou os pobres.
Ela olhou-o com os olhos semi cerrados e disse-lhe:
— Como você defende os pobres! Eu sai do nucleo pobre. Alias nós saimos. Ela é muito bôa. Não é indolente. É atilada. Eu não toléro os Espiritos remanchão. Não é dissipadora. Sabe portar-se nas reuniôes sociaes. Ela nos convidou para irmos na sua festa de formatura depôis de amanhã. O que eu acho interessante é a sua formatura coincidir com a data do seu aniversario. Faz uma fésta única.
— Ela forma-se em quê?
— Pianista.
— Estudóu por vocação?
Maria Emilia pensou um pouco antes de responder.
— Sabe Roberto eu penso que esta historia de vocação e fantasia do homem porque eu não tenho vocação para nada!

Deus concedeu-me a vida! Vou vivendo! Com licença Roberto. Eu vou preparar o jantar. Vamos esperar o Renato?
— Não. Guarda o jantar para ele. Um que trabalha não pode espérar. Depôis ele é jovem e não tem horario para chegar em casa. O que observo é que os filhos quando cresçem duplicam apreensôes para os paes.

Ela foi para a cosinha e Roberto ficou pensando porque é que havia casado com aquela mulher. Por mais que ele esforcassa-se não conseguia compreende-la.

Quando ela retornou-se para avisa-lo que o jantar estava na mêsa Renato abria a porta e entrava seu olhar percorreu a sala e encontrou o olhar triste de seu pae.

— Boa-nôite papae!
— Bôa-nôite meu filho!

Renato despiu o palitol colocou-no cabide e disse:
— Sabe papae hoje eu estou alegre.
— Folgo com isto porque aprecio os momentos de alegrias que surgem nas nossas vidas. Não ha alegria sem motivo.
— É que eu ganhei um presente. Um estôjo de ouro, vou barbear-me a primeira vez com uma lamina de ouro!

Ele foi procurar o estôjo e não encontrou-o. Perguntou:
— Mamâe a senhora guardou?
— Guardei. Vamos jantar. O jantar está na mêsa. Depois você móstra para o teu pae.
— Ora mamâe! Eu começo antépatisar com esta casa. Porque a senhora interfere-se em tudo tenho a impressão que sou acionado. Estamos na época dos motores e a senhora e um motôr nos impelindo.

Ela foi buscar o estôjo reclamando que a comida ia esfriar. Ele ergueu a cabêça fitando o této.

Seu pae notou o seu olhar fatigado e ficou apreensivo.
— Sabe papae, se eu não reeducar a mamâe, ela vae deturpar a minha vida. Ela, cede so com as observações criticas. E eu penso que um homem tem que ser o dono de suas ações e ressoluções. O homem que vacila, fica ocilando. E quem ocila, não

encontra curso. Ela voltou com o estôjo. Ele abriu e mostrou ao seu pae.
— É bonito! Não é papae?
— Maravilhôso! Quem deu-te?
— A Rosa.
— Quem reçebe, precisa retribuir.
— Eu sei papae! Eu sei! Já estou pensando na minha retribuição. Quero condusi-la aos pés do altar e na presença da imagem de Cristo prestar o meu juramento de fidelidade eterna.
Maria Emilia exclamou:
— Oh! Que disparate meu filho! Você tem oportunidade de casar-se com moças ricas.
— A senhora diz moças ricas... mas um homem não desposa tonéladas de mulheres. Casa... com a mulher que ele ama e que corresponde-lhe.
Ela ficou perturbada.
— É que eu fui inciente e quero orientar-te melhor.
— A senhóra da a entender que arrependeu-se de casar-se com o papae. Eu não aprecio as que falam por indireta.
Ele correu na direcão de seu pae e abracou lhe.
— Papae! Papae. Eu tenho orgulho de ser teu filho! Eu já enjôei desta casa! Quando estou fora e lembro de voltar fico triste. Eu aqui fico nervôso. E as pessôas que ficam nervosas com assiduidade vae enfraqueçendo a mentalidade. E todas fraquêsas são fataes.
— Vamos jantar! Voce agasta-se por qualquer coisa. Filho unico quer ser rêi no lar!
— E eu tenho a culpa de ser filho unico?
— É vamos jantar. As rugas de familias dissipam-se igual a fumaça no espaço. Eu penso assim e voce meu filho?
— Eu não papae. Porque sou sensivel.
Ele foi jantar. Renato não acompanhou-lhe. Maria Emilia aproximou-se e disse-lhe carinhosa:
— É que eu quero ver-te feliz. Vamos jantar.
Eles sentaram-se a mêsa esforçando-se para ser gentis.

Roberto enquanto jantava pensava: Eu, não entendo a minha vida. Pareçe um enigma indecifravel.
Renato foi o primeiro a dêixar a mêsa. Vistiu o palitol e saiu com o carro. Foi na casa do seu avô. Ele estava sentado, usando oculos e lendo.
Ergueu os olhos do jornal e disse:
— Eu já conheço teus passos e os passos de Rosa. E porque gosto imensamente de vocês. Porque são meus derrivados. Eu sou o tronco e voces, os membros. E as familias tem que ser unidas iguaes os troncos nos membros.
— Vae jantar meu filho! Eu gosto de você porque herdou as belas qualidades de tua avó. Ela era sincera. A unica pessôa fingida na nossa familia é a tua mâe. Eu não simpatisava com ela. Mas, não revelei ao Roberto o meu reçêio de sua união, porque o filho quando cresçe, é o dono dos seus atos.
— Eu tambem penso assim vôvô! Eu vim convidar a Rosa e o tio Raul para irmos ao theatro. Já comprei os ingressos.
Raul vinha do interior e vendo-o sorriu-lhe e comprimentou-o.
— Bôa-nôite Renato.
— Bôa-noite tio Raul. Onde está a Rosa?
— Preparando para ir estudar. Ela está estudando o corte e custura.
— É que eu vim convida-la para irmos ao teatro. Ela não tem um irmão para acompanha-la e eu não tenho uma irmã para sair comigo então venho procura-la. Mas, ela está estudando não vou atrapalhar-lhe. O senhor quer ir comigo titio?
Rosa entrou sorrindo e disse-lhe:
— Bôa-nôite Renato!
Seus olhares encontraram-se.
— Bôa-nôite Rosa!
Ela estendeu-lhe as mâos. Ele pegou-a cariciando-o e disse-lhe:
— Estas mâos precisam ser adornada com as joias do compromisso!

— Que jóias são estas, que eu nunca ouvi ninguem mencioná-las.
— O anel de nôivado e aliança!
Ela sorriu-lhe e acresçentou:
— Eu sonhei que você estava colocando aliança no meu dêdo. E eu, fiquei tão contente, quando eu ia dar-te um bêijo despertei.
— O teu sonho vae realisar! Se te da prazer ser minha esposa!
— É claro que eu quero-te para sempre. Mas, o nosso desêjo não vae realisar. Porque eu ouvi dizer que quando sonhamos que estamos reçebendo aliança do homem amado ele nunca nos condusirá aos pés do altar.
— É tolice! O povo fala em tudo e de todos. Querem ser profétas. Agora que eu sêi que você me quer vou concluir o meu estudo e montar um consultório e dentro de dôis anos... vamos casar! E eu quero ter dinheiro para uma lua de mel prodiga.
Ele ergueu a cabêça e o seu olhar encontrou o do seu avô. Perguntou-lhe:
— O senhor aprova a nossa união?
— Oh! Sim. Você é sensato. Já tem noção dos deveres. A unica coisa que eu desêjo é viver para ir na igrêja dar-te os parabens. Quero ser o primeiro a comprimentar-te.
— Ja que todos concordam com a nossa união, podemos ir preparando o nosso lar. Eu vim convidar-te para irmos ao theatro.
— Eu vou estudar.
— Ja sei. O teu pae disse-me que você está estudando o corte e custura.
— Eu queria ser pianista. Mas os desêjos dos pobres estão nos picos e é muito dificil para escalar-se.
— Não lamenta! Voce deve ambicionar so o que está nas possibilidades. Eu tenho pavôr das mulheres insatisfêitas. São pessimas companheiras e ficam azucrinando o homem. Eu quero isto! Eu quero aquilo. Eu quero ter o meu lar para eu

viver como eu quero! É tâo bom ter vontade propria. Eu gosto daqui porque aqui ninguem critica-me. Onde está a tia Helena?
— No quintal passando as roupas.
— É que se ela quisesse ir ao theatro!
— Vou avisa-la que você está aqui.

Raul saiu para o interior da casa. Renato e Rosa ficaram conversando o senhor Pedro. Dona Helena penetrou-se na sala sorrindo satisfêito como se estivesse reçebendo um fidalgo.
— Bôa-nôite Renato.
— Bôa-nôite titia.
— Você quer levar-me ao theatro?
— Se a senhora quizer ir...
— Então eu vou aprontar-me. Enquanto eu preparo-me você leva a Rosa a escola.

Rosa foi vestir o casaco e sairam. Raul foi até a porta vendo a sua filha no automovel com Renato sorriu satisfeito. Compreendeu que se eles casasem ela ia ser feliz. E enviou o seu olhar ao céu suplicando a Deus para protegê-los.

Dona Helena abluiu-se e preparou se. Vestiu o casaco de pele de sua filha e mirou-se no espêlho pensando. Eu, sempre desêjei ter um casaco de pele. E agora, estou concretisando o meu desêjo.

Quando Renato regressou, ela estava esperando-o.

Despediu-se do seu esposo e sairam. Raul foi dêitar-se e ligou o radio. Porque sabia que o seu sogro aguardava o retorno da sua esposa e sua filha.

Dona Helena ficou contente entre as pessôas fidalgas com seus trages de gala. A musica era suavel e o perfume de violetas invadia o recinto. Os amigos de Renato comprimentava-o. Ele apresentava a sua tia êlogiando-a sempre E sorrindo. Joel seu amigo dizia-lhe:

— Invejo-te, porque as tias substitue as mães. E a tua quando te olha, demostra o seu aféto. Eu sou sosinho. Não tenho parentes. Moro nas pensôes. Não visito ninguem. Os lugares que frequento é os cinemas e as igrêjas. E os bares. E a sua tia é tâo amavel que qualquer dia hei de visita-la.

— Oh! Senhor Joel! Pode ir! Que hei de reçeber-te com prazer.

Joel sorriu demonstrando contentamento.

— Eu vou. A senhora sabe: eu não sei como é a vida num lar porque fui criado num orfanato. Eu nunca pronunciei a palavra mamâe! Dizem que as mâes são as estrelas luminósas a nos guiar.

Joel combinou o dia que ia visitar a Dona Helena.

Ela apreció a peça. Quando sairam do theatro ele levou-a na bôate. Ela dançou e disse lhe:

— Se não fosse você eu não ia conheçer isto. Já dêvo-te obrigaçôes.

— A senhora paga com as atençôes que dispensa-me. Eu estou tão contente com a senhora. Porque tratou bem o Joel. Ele é o meu melhor amigo. Sabe, titia eu vou dar o endereço de sua ressidência para os meus amigos. E vou arranjar um telefone para a senhora e eu recêbo os meus amigos lá. A senhora não faz questâ. A senhora tem a alma feminina. É uma mulher cativante. A Rosa é igual a senhora. É porisso que eu quero casar-me com ela. Porque eu quero ser feliz! Eu não quero uma esposa petulante, arrogante. Tipo, impératriz.

Ele olhou o relogio.

— Vamos embora titia. Amanhã eu tenho aula. Eu não quero ser reprovado. Porque se isto aconteçer a mamâe vae dizer que eu penso so na Rosa e olvido os estudos. Quando fracasso a Rosa é a culpada mas eu tenho certêza que é a Rósa que estimula-me ao triunfo. Eu penso na Rosa com assiduidade. Quero dar-lhe todo conforto.

Eles entraram no automovel. Quando ele entrou na sua casa sua mâe estava sentada perto do radio olhando uma revista.

— Ainda não foi dêitar-se?

— Esperando-te. Você não avisa onde vae.

— Ora mamâe! Eu já sou homem sei dirigir-me já sei o que quero na vida! Vou concluir os estudos, quero montar um consultorio e trabalhar. Quero ter um lar fausto. Eu já estou noivo!
— Ah!... É? E quem é ela?
— A Rosa!
— Nunca! Bradou sua mâe encolérizada Você é acanhado e timido. Tem reçêio de namorar outra môca e apegou-se na prima porque a amisade de vocês vem da infancia. Com ela você se expande.
— Mamâe, mamâe! D'aqui ha um ano eu vou ser doutôr! Vivo na alta sociedade e sou requerestado por varios jovens. Mas não levo avante estas amisades porque já dicidi casar-me com a Rosa. O vôvô, acata a nossa união.
— O teu avô é um parvo.
— Oh! Mamâe! O vovô é meu amigo! Eu ja observei que a senhora regride a familia do papae. Eu nunca vi o papae repreender-te, a senhora aqui é absuluta.

Roberto surgiu na sala de pijama e perguntou:
— O que se passa meu filho!
— Nada papae! Pode ir dormir.
— Meu filho! A sua fisionomia revela que você está descontente. E você, é a minha prediléção no mundo. Confia-me os teus obstaculos. Porque o meu desêjo, é ver-te feliz!
— Obrigado papae! O senhor agora provou que é filho do vôvô. Ele, as vezes dis-me que quer mer ver feliz! Agradeço-o pelo seu desvê-lo. O senhor e o vôvô são dôis élos amigos.

Roberto abriu a boca e dirigiu-se para o seu quarto. Maria Emilia deu um longo suspiro e perguntou-lhe:
— Você já jantou-se?
— Já. Na casa da titia. Ela prepara uma refêição com tanta rapidês que me da a impressão que ela e deçendente de relampago. Para mim, ela, é uma mulher de ferro. Muito diferente das mulheres de porçelanas que eu vêjo por aí. Ela, está sempre alegre. É porisso que o tio Raul não envelheçe. Ele não sabe o que é tristêza!

— Eu guardei janta para você. — Atalhou Dona Maria Emilia para por um ponto final nos êlogios de Renato referindo-se na tia. Pensou: Ela, é quem ocupa lugar proeminente no coracão do meu filho. Mas ele, é meu filho, ele, tem que gostar e de mim que sou sua mâe.

E o ciumes, foi avolumando-se na sua mente. Aproximou-se e deu um osculo na façe do seu filho. E disse-lhe:

— Vae dêitar meu filho! Amanhã você precisa levantar-se cedo. A vida tem seus derrivados. Enquanto vivemos, temos deveres.

— Eu sêi. A Rosa sempre diz isto. Ela está estudando corte e custura.

— Bela profissâo. Eu, so admiro as profissôes de destaques. A Marina está preparando para reçeber o diploma de pianista. Ela, pode até dar conçerto. Ela é muito inteligente! Você precisa ser mais atencioso com ela. Convida-la para sair juntos, porque voce vae ser médico e assim vae arranjando amisades na alta sociedade.

Renato ficou nervoso interiormente e disse-lhe:

— Eu, já tenho os meus amigos. São pessôas simples. Eu gosto mais do nucleo humilde. Eu quero viver como idealisei sem a interferência de segundos. Eu e a Rosa ja traçamos o nosso roteiro na vida.

Dona Maria Emilia exaltou-se e bradou:

— Você... so menciona o nome de Rosa! Rosa! Rosa!...

— Oh! Mamâe! A mulher amada, está dentro do nosso pensamento. Não ha possibilidade, de olvida-la um so momento!

Ela olhava o filho com os olhos semi-cerrados.

— A tua tia, é habilidosa! Agrada-te, porque perçebe que você é uma isca de ouro. Tem o carro! É filho unico é unico neto. Você é uma afluente e as herancas visa-te.

— Oh! Mamâe! Eu vou dêitar. Não estou com sono. Estou nervôso. E eu sendo um semi-médico ja observei que as pessôas nervosas não produs nada de util a humanidade. E o mundo, precisa só das utilidades.

Ele dirigiu-se ao seu quarto. Fechou a porta com violência, e a lampada piscou.

Ela apagou a luz e foi dêitar-se. Ficou girando no lêito pensando o que é que devia fazer para desfazer a amisade de Renato e Rosa.

Quando o dia surgiu com o astro rêi iluminando o glôbo, e os passaros gorgeavam Renato dêixou o lêito abluiu-se e saiu com o carro. Quando Dona Maria Emilia levantou-se ficou furiosa por não encontra-lo. Roberto estava tomando chá ela disse-lhe:

— Você ja notou, que o Renato não obedeçe-nos. E você é o pae precisa repreendê-lo. O teu pae desvia-o.

— Ora! Você tem hóra que diz cada disparate! O papae lhe quer bem porque ele é seu neto. E eu não posso vedar-lhe a amisade. O papae já está anôso e os anciâes adoram seus rebentos.

— É que o teu pae está incutindo no Espirito de Renato, que ele deve casar-se com a Rosa.

— E o que tem isto? A minha sobrinha é tão mêiga. E a unica coisa que o homem quer encontrar na mulher, é meiguiçe. Porque a mulher atribiliaria, é horrivel! Você não dêixa o nosso filho ter vontade propria. Vive criticando-o. O que é que você pretende fazer?

— Eu quero que ele casa com a Marina!

— E ele gosta da Marina?

— Ela é rica.

— Eu não conheço a Marina. Não posso prosseguir no assunto. Eu vou trabalhar já é tarde.

Ele levantou-se da mêsa olhando o relógio. Ela ficou sosinha pensando.

Roberto assim que chegou no seu escritorio, telefonou para a escola convidando o filho para ir almocar com ele num restaurante.

Ele, convidou o Joel e disse-lhe:

— O velho convidou-me para ir almoçar com ele... se você

quizer ir. O velho é prodigo e eu vou apresentar-te como o meu melhor amigo. Depôis, vamos na casa da titia.

Finda a aula, eles fôram para o restaurante. Seu pae esperava-o na porta. Ele, apresentou o Joel.

— Ele é o meu melhor amigo. Quando estou nervoso ele acosêlha-me. Para eu ir habituando-me com os espinhos da existência.

Joel sorriu satisfêito.

Comentou:

— Gosto de ser util aos meus semelhantes porque eu preciso angariar afétos. Sou só no mundo. Não conheci meus paes morreram num dessastre. Fiquei com a Vovó. Era anossissima, e a morte arrebatou-a. Fiquei so no mundo. Olhando os lados da vida, procurando uma direção favoravel para seguir. Escolhi o trabalho, e o estudo e quero ser um homem honesto. Seleciono as amisades.

O senhor Roberto sorriu. Olhando aquele jovem que era anôso nas deduções.

— Sendo assim, agradeço-te por dar preferência ao meu filho. E desde já podeis contar comigo. Quando precisar estou ao teu dispôr sabendo que o Renato está com o senhor não tenho reçêio. O senhor será o meu preceptor.

— Quanta honra. Comentou Joel sorrindo. O Renato tem tudo para ser feliz. Mâe, pae, um lar deçente e uma tia encantadora.

— Ah! Você já conhece a mana Helena?

— Ja. Ela, convidou-me para ir visita-la. Eu vou, porque gosto de incluir-me so nos nucleos superiores porque não quero degradar na vida.

— Gosto de ouvir-te.

Exclamou o senhor Roberto entusiasmado com as palavras sensatas e apropriadas daquele adoleçente que não tinha um lar, mas esforçava-se para ser um homem de escool.

O almoço decorreu numa atmosfera agradavel e gentil.

Ele, olhou o relogio levantou-se pagou a refêição, e deu o troco ao Joel dizendo:

— Isto, é para voce ir ao cinema. Voçes orfos levam uma existência deficiente, fazendo economia.

Joel pegou os setecentos cruzeiros olhando-o facinado!

— Que bom! Vou comprar uma camisa. Renato! Como o teu pae é bom! Não é egoista! É filantrópico. Deus anotou este gesto do senhor porque este dinheiro, vae favorecer-me muito.

O senhor Roberto despediu-se, e foi trabalhar. Joel ficou olhando ele ir distanceando-se.

Perpassou o olhar pelo espaço fitando nuvens que vagueava e os pássaros que percorriam amplidão. Joel era um tipo observadôr. Pensava: A Naturêza é sapientissima. Compôs o mundo separando as classes. Até entre o solo tem habitante. — As avês, pertençe o espaço. O homem e os animaes a o cimo da terra. Os bratraquios, as entranhas da terra os peixes a agua. As estrelas o céu. Ele era um jovem que, pensava so nas coisas inofensivas. Penetraram no automovel e partiram para a ressidência de Dona Helena.

Quando chegaram a frente da casa estava fechada.

— Vamos entrando. Eu, não vou tocar a campanhinha porque o vôvô deve estar dormindo.

— Você tem avô?

— Tenho. E um avô humoristico. As vezes eu digo-o: Vovô, o senhor devia ir para o palco. Tem verve é alegre. É um homem anôso com um Espirito jovem. E eu sou jovem com um Espirito intranquilo.

— Ora Renato, é até um crime você reclamar na vida. Porque você tem tudo que eu desêjava ter e não tenho. Porque ha algo que desêjamos, e não podemos adquirir e ha algo impossível. Você tem pae, tem mãe, tio avô, um carro, otima ressidência e dinheiro. E eu...

Rodearam a casa. Joel ia admirando os vasos de flores aspirando os perfumes das rosas, dos jasmins e das violêtas. Fitava as abelhas que pousavam de flôr-em flôr.

Disse:

— Simpatiso com esta casa.

71

— E eu tambem. Disse Renato dando um suspiro tão triste que dêixou Joel preocupado. Tem certas existências que é um enigma concentrico.

Renato empurrou a porta da cosinha e fôram entrando. Dona Helena estava lavando as louças. Renato pôis as mâos nos seus honbros. Ela assustou-se e exclamou-se:

— Oh! Renato! Eu estava pensando em você. É que fiz o seu bolo predileto. Pareçe que estava adivinhando a sua visita. Visita que reçêbo com prazer.

— Obrigado titia! A senhora é tão bôa para mim! Quando eu estou triste, eu venho aqui abasteçer-me de alegria.

— Bôa-tarde Dona Helena!

Ela enxugou as mâos no avental e estendeu-lhe. Ele ajeitou-a, e deu-lhe um bêijo.

— Ela sorriu. Comentando: Quanta delicadêza! O senhor é o primeiro homem que bêijou as minhas mâos. Eu vi uma cêna identica quando fui ao theatro.

— Oh! Titia, as mâos da senhora é digna de ser bêijada. Mâos, utilissimas.

Renato perpassou o olhar ao redor e perguntou-lhe:

— E a Rosa?

— Foi ao dentista.

— Quem é a Rosa Renato? Perguntou Joel demostrando curiosidade.

— É a minha prima. Até o fim do ano ela ha de ser a minha esposa.

— Então você já está noivo?

— Já. Quero casar para normalisar a minha vida. E eu venho ressidir aqui, até eu poder conseguir montar o meu lar.

— Mas, você pode ressidir com a sua mâe.

— Não! Não quero. A casa de minha mâe é espaçosa, mas, não tem lugar para a Rosa. E para mim a Rosa é uma flôr que está adôrnando o meu coração.

A porta abriu-se e a Rosa entrou inopinadamente com as mâos no rôsto. Comprimentou.

— Bôa-tarde Renato!
— Bôa-tarde Rosa!
Renato, apresentou-lhe o Joel.
— Prazer em conheçer-te. A mamâe disse-me que conheçeu-te no theatro e gostou muito do senhor!
— Oh! Muito obrigado. Eu sou sosinho no mundo, quando alguem dedica-me, amisade, eu fico cativo.
É bom saber que alguem gosta da gente.
Rosa olhou o relógio e foi preparar a mêsa para o lanche. Joel sentou-se na cadeira e o seu olhar percorreu a cosinha espaçosa. Disse:
— É a primeira vez que entro numa cosinha. Eu vivo nas pensôes. Tenho a impressão que sou um semi-cigano.
Dona Helena serviu o café. Joel gostou do bolo e elogiou as habilidades de Dona Helena. Rosa não comeu o bolo porque o dente estava dolôrido.
Renato despediu-se e saiu, porque estava procurando emprego. Queria trabalhar, e estudar, e casar para ficar livre de sua mâe e ser senhor de suas ressuluçôes. Ao lado de Rosa ele havia de ser feliz. Rosa é modesta e sabe viver com pouco dinheiro.
O dia estava calido, e ele transpirava. Ressolveu ir na sua casa para trocar-se de roupas.
Encontrou sua mâe amada. Pensou: Se eu comprimenta-la, ela ha de repreender-me, porque eu não almoçei em casa. E não comprimentando-a, ela, ha de dizer-me que eu não noto a sua presença. Seja o que Deus quizer!
— Bôa-tarde mamâe!
Ela olhou-o e não respondeu-lhe. Ele, pensou na sua tia e na sua mâe, e na diferença que havia entre as duas. A titia, eu fico ao seu lado, um dia, e tenho a impressão que fiquei um minuto, e a mamâe eu fico um minuto, e tenho a impressão, que fiquei um seculo. Eu não gosto desta casa.
E é horrivel a vida num lugar quando não gostamos. Aqui é tão triste. Eu aqui, tenho a impressão que sou um empregado. Quando entro aqui, tenho vontade de chorar.

— Eu esperei-te para almoçar. Quando não vier avisa pelo telefone. Você vae preparar-se para irmos na formatura da Marina. É bom você ir habituando-se, porque quando você formar-se já não acanha-se. Você tem que acompanhar me, porque a fésta vae terminar tarde, e eu quero ficar até o fim.

Ele, foi preparar-se contra a sua vontade. As quatro horas, eles chegaram no Municipal. Ele olhava as jovens com dessinteresse.

As cinco horas a festa iniciou-se teve discursos elogios mutuos, e palavras de escool.

Marina estava rica e bem adôrnada parecia uma princêsa. Estava alegre porque é bom concretisar algo. Ela acariciava o diploma igual uma mâe, acariciando um filho. Dizia:

— Eu já tenho trêis diplomas.

O baile foi iniciado com uma valsa especial para as diplomadas. Marina dançou com Renato. E foi a primeira vez que seus corpos uniram-se. Ele não sentia a sua presença, tinha a impressão que estava girando no ar.

Ela falava que foi classificada em primeiro lugar. Que ganhou medalha de ouro. Ia lécionar.

Dona Maria Emilia não ritirava os olhos de seu filho achando que eles era o par mais bonito da fésta. Olhando-os, ela dicidiu que eles haviam de casar-se.

No retorno, Dona Maria Emilia vinha enaltecendo as belas qualidades de Marina.

Para a Dona Maria Emilia, era um raio de sol.

Para o Renato, trevas.

Era 1 da manhã quando chegaram. Renato estava nervôso porque, percebia que a Marina q era uma montanha na vida. Ele, tinha que abraça-la, ou indispor-se com sua mâe. Deitou-se mas, não poude adormecêr-se.

Seus pensamentos zig-zagueava no seu cerébro igual petalas de rosas espalhadas.

Quando ele saiu para ir a aula Joel estava esperando-o. Assustou-se quando ouviu a voz de Joel comprimentando-o sorrindo. Disse-lhe:

— Passei uma tarde agradavel na casa de tua tia. Que mulher prestimosa! Ela vae lavar as minhas roupas. A tua noiva é um amôr! Da para perceber que você vae ser feliz. Posso ir no seu carro para a escola?
— Pode!
Eles fôram conversando. Joel dizia:
— Conheçendo tua tia, fiquei reanimado. Gostei do teu avô. Com suas barbas nivias sua cabêça reluzente pela ausência dos cabêlos. O teu tio é tão calmo, está sempre sorrindo, pareçe que não conheçe aborrecimentos na vida.
— Eu sêi, eu sei. Atalhou Renato, a vida da titia não tem os transtôrnos que tem na minha.
Joel deu uma risada.
— Quem te ver lamentando acredita. Mas, você tem de tudo. E eu, o que dêvo dizer da existência?
Chegaram na escola e o Renato disse-lhe:
— Joel, Joel, a minha vida, não é aveludada como você pensa. Esta nôite eu não dormi. E estou impaciente.
Quando Roberto despediu-se ouviu um sermão de sua esposa que ele não préocupava-se com ela.
— Pobre de mim se não fosse a Marina!
Roberto tomou so café e saiu as pressas, sem bêija-la.
Joel ia todos os dias visitar a Dona Helena e as vezes convidava-a para ir aos theatros. Ela não recusava porque era a sua distração prediléta.
Dona Maria Emilia apreciou a amisade de Joel com a sua cunhada. Pensava: Ele ha de gostar da Rosa, e ela ha de esquecer o Renato. Pareçe que Deus, está intervindo-se. Renato não tinha ciumes de Joel, porque sabia que ele, não criava complicações.
Renato as vezes dizia-lhe:
— Voçê, pareçe que foi discipulo de Socrates.
Ele sorria e comentava.
— É que, um homem, quando é sosinho precisa andar réto igual a linha do sol. Se eu transviar, não tenho uma voz amiga para defender-me.

Renato relatou a sua mâe que arranjou um emprego e podia estudar a nôite.

Ela se opôs. Aludindo que é muito cansativo trabalhar e estudar. E ele, teve que ressignar-se com a sua condição de bibelôt.

Começou a economisar a mêsada que sua mâe dava-lhe para ir preparando-se para casar.

Ele convidou sua tia para fazer um pic-nic. Joel acompanhou-lhes gostava imensamente daquela familia ele dizia:

— O lar de tua tia, é um lar de ouro. Tem de tudo que é necessario na vida. Amisade, tolerancia ressignação e amôr.

Rosa estava alegre, colhendo as flores silvestres. Dona Helena levou uns quitutes deliciosos. Ali estava a familia reunida. Faltava so o seu pae porque não era dono de suas ações.

O senhor Pedro estava tao contente contemplando suas trêis filhas reunidas Carmen e Lourdes trabalhavam fora. Eram secretarias num Colégio do Rio de Janeiro e visitava a familia uma vez por ano. Nao visitavam a Dona Maria Emilia porque não tolerava sua arrogancia. Gostavam de Renato.

Elas eram internas no trabalho e não frequentavam reuniões e não casaram-se. Mas, estavam contentes com a existência.

Aprovavam a união de Rosa e o Renato. Elas estavam fitando o espaço e o prado apreciando o silêncio que benéficia a mente...

Quando o Sol ia declinando-se ressolveram voltar-se. Renato relatou a tirania de sua mâe que imiscuia em tudo que ele progétava. Suas tias disse-lhe que tinham suas econômías e emprestava-lhe para comprar os moveis do quarto e casar-se e auxiliava-lhe a terminar os estudos.

— Que honra para nós um médico, na família — Rosa ficou contente.

Olhando aliança no seu dêdo e foi correndo dar um amplexo no Renato que ficou emocionado premindo-a sentindo o seu halito quente e perfumôso. Deu-lhe um osculo e ficou êmocionado porque era a primeira vez que bêijava a sua prima. Disse-lhe:

— Se, eu pudesse conservar-te nos meus braços eternamente! Eu estou contente, porque você vae ser minha.

Todos olhava aquela céna de amôr. O senhor Pedro olhava recordando o seu passado. Todos nós temos a nossa quadra de amôr nêste mundo.

Joel méditava: Será que eu vou encontrar uma noiva com as belas qualidades de Rosa! Já que eu não tive sorte de ter pae e mâe Deus devia ajudar-me encontrar uma companheira dedicada.

Renato estava sorrindo. Como se tivesse ganho um premio de loteria.

Olhou suas tias e pensou: Elas, são as minhas melhores amigas. Enquanto eu viver não pretendo separar-me delas.

Quando chegaram na cidade, ele dêixou seus tios na porta e partiu. Disse a sua tia:

— Amanhâ, eu venho difinitivamente ressidir com a senhora. E depôis de amanhâ, vamos no cartorio tratar dos papeis para o meu casamento. O homem quando casa liberta-se do jugo paterno. Tem lêis dos homens que benéficia-os homens.

Deu um bêijo no rôsto de Rosa alisou seus cabêlos, entrou no carro, e partiu sorrindo.

Entrou em casa cantando. Sua mâe assustou-se préocupada com aquela alegria. Ele entrou-se, no seu quarto, e perpassou o olhar ao redor. Como se estivesse despedindo. Não ia sentir saudades. Pretendia afastar aquela ressidência magéstosa de sua mente.

Ritirou os livros da instante e foi colocando-os dentro das fronhas. Ritirou seus ternos, e perpassou o olhar para ver se não ia esqueçer algo. Não ia arrepender-se porque sua tia, era o seu idolo. Quando ele estava carregando suas roupas para o automovel sua mâe surgiu.

Vendo seus ternos e sapatos dentro do automovel ficou furiosa.

— O que ha com você? Para onde tenciona ir?

— Para o céu. Quero sair deste cofre de ferro.

— Meu filho! Você está agindo sem refletir. Pelo que vêjo, você vae para a casa do meu sogro.

77

— Até que enfim a senhora ressolveu considerar o vôvô como sogro. Ele ha de ficar contente ouvindo-a trata-lo, com consideração. Eu vou para a casa do vôvô. E vou casar-me com a Rosa. Ela... é o meu alvo na vida.
— E os estudos?
— Pretendo concluir porque quem dissiste do que inicia tem que recomeçar algo outra vez. E falta so um ano para eu me formar. O vôvô e as titias auxilia-me.
— Pôis bem! Você pode ir. Mas eu juro que desherdo-te. Dêixo tudo para os orfos. Eu já contratei o teu casamento com a Marina porque, ela é quem é adequada para voçê. Tem mais cultura. A tua prima Rosa é primaria. E doméstica.

Renato sentou-se no paralama com as mãos no rôsto. Suas ideias estavam confusas igual as ondas do mar quando encontram-se.

Sua mâe continuou falando. E as palavras dela, avulumava-se dentro do seu cerebro. E ele bradou.
— Ai! minha cabeça!
E caiu inconciente.

Ela curvou-se e auxiliou a erguer-se e levou, para dentro de casa. Ele, sentou-se num divâ e ficou pensando; igual um general derrotado.

Quando o seu pae chegou eles fôram jantar-se.

Roberto perçebeu que havia dessabado uma tempestade de palavras rudes que fere muito mais do que o dardo.

Ele não intervia nas polémicas de mâe e filho.

No outro dia, Dona Helena e suas irmans aguardaram a chegada de Renato com impaciência.

O dia terminou, e o Renato não surgiu. Rosa ficou nervosa. Pensando: Dizia: Ele... não volta mais! Olhava aliança no seu dêdo e dizia: Eu sonhei que o Renato estava colocando-a no meu dêdo. Prenunuçio, de nôivado desfeito. Eu já espérava porisso. A titia era a minha adversaria. Eu e ela, estavamos vis a vis lutando. Ela com uma espada, e eu, com um canivete.

Ela começou chorar.

Joel tocou a campainha e foi entrando com umas flores e ofereçeu-lhe. Olhando-a perguntou-lhe:
— Está chorando? O que ouve?
— O Renato não vêio!
— Não é motivo para lamentar-se.
— É porque o Senhor nunca amou! A gente, so conheçe o efêito de uma coisa, quando conhecemos como é horrivel ver os nossos sonhos desfazer-se. Sinto-me como se estivesse recibido mil setas no coração.
Joel mordeu os labios com inveja de Renato e disse-lhe:
— Açêita as flores que oferêço-te.
Ela enxugou as lagrimas e pegou-as flores agradeçeu-lhe. Seu olhar percorreu o recinto e pousou na janela. Onde uma trepadêira ia galgando.
Deu um longo suspiro e disse:
— Como é horrivel, ser preterida!
Dona Lourdes reanimava-a.
— Não se aflige tanto assim. Ele tem que dar uma explicação.
— Eu não compreendo a Maria Emilia, desligar-se de nós como se nos tivessemos uma enfermidade, contagiosa, ou fossemos difamados.
Quando o seu pae chegou encontrou a filha soluçando.
Deu-lhe um osculo, e disse-lhe:
— Tolinha. Você ha de encontrar um bom partido. Com o decorrer dos tempos, você olvida-o. Temos que habituarmos com os dilemas da vida.
O senhor Pedro Lopes estava neurótico, porque não apreciava lagrimas no seu lar. Gostava de ver as pessôas, sorrir e cantar.
Os dias fôram passando. E o Renato não apareçeu.
Rosa adoeçeu. E o dinheiro que estava resservado para o seu casamento gastaram com médico e hospital.
Dona Helena chamava e dizia:
— Que confusão na minha vida. É a primeira vez que a fatalidade visita-me. A minha casa não era assim triste e sombria.

A Rosa nunca adoeçeu! O médico recomendou-lhe uma estação de agua. Tem coisas, que ficam so em pretensôes.

Renato não foi visita-la no hospital. Joel contou-lhe que a Rosa estava doente.

Ele ouviu em silêncio: parecia que estava desligando-se do mundo. Joel percebeu que ele sofria e estava horrorisado com a pressão da mâe de Renato. Ele que fazia um castelo de brilhante com relações as mâes. Perçebeu que havia variedades nos modos das mâes tratar os filhos.

Rosa reçebeu ressignada a noticia do casamento de Renato e Marina. Suas amigas iam visita-la, levando-lhe livros e flores e convidando-lhe para ir passar uns dias nas suas casas. Ela, reçebeu alta. E foi para a sua casa.

Passava horas e horas ao lado do seu avô.

Joel vinha visita-la. Examinava lhe, e dizia-lhe:

— Voce já está restabelecida. Precisa distrair se. Quer ir ao theatro?

Ela acêitou o convite, e sua mâe acompanhou-lhes.

Quando eles estava procurando lugares, viram Renato e Marina sentados. Seus olhares encontraram-se... E ele comprimentou sua tia que sorriu-lhe. Não estava ressentida porque tinha um modo de pensar muito diferente de sua filha. Não disputava o que apresentava dificuldades. Marina olhava Rosa e pensava:

— Vencí. Eu, sou a heroina!

Um pobre que quer competir-se com um rico, leva desvantagem em tudo. Pobre, é para andar no primeiro degrau da vida.

— E os ricos no segundo.

O pobre sempre ha de acompanhar o rico igual lacaio.

Joel sentou-se perto de Rosa e distraidamente passou o braco em torno dos hombros de Rosa. Quando Renato viu aquele gesto ficou nervôso e sairam do theatro. E assim a Marina compreendeu que não havia vencido a Rosa.

— A heroina do coracão de Renato, é ela. — Eu, sou a intrusa.

Entrei a-fôrca dentro do seu coração. Rosa é a convidada de honra.

Ficou triste. Ele não falou no trageto a casa. Suas mãos tremiam na direção do carro. Ela ficou com reçeio. O seu coracão acelerou para agrada-lo, ela disse-lhe:
— Que peca dessagradavel. Eu agradeço-te por ter saido do theatro.
Ele disse-lhe:
— A peça, era bôa o que não agradou-me foi a cena que presenciei na plateia.
Ela, mordeu os lábios.
Renato notou a transformação de sua mâe. Era outra. Alegre. Dêixava o radio ligado. Quando seus olhares encontravam ela sorria-lhe.
— Eu estou tão alegre! Comentava sorrindo.
Ele pensava... Se eu pudesse dizer o mêsmo! Achava que a sua vida estava incompleta.
Pensava: Eu sinto-me como um amputado. Um derrotado na vida. Quem não conquista o que sonha, perdeu a vitoria. Ja sou vencido.
Dêixava de sismar e assustava quando ouvia a voz de sua esposa ofereçondo-lhe uma xicara de café ou mostrando-lhe um artigo no jornal. Ele, olhava dessinteressado e dizia-lhe:
— A unica coisa que um médico olha num jornal e o necrologico para ver se não morreu um dos seus doentes.
Ela ouvia-o em silêncio, fitando o seu rósto oval e satisfêita por ter casado com um homen bonito.
— O médico para ficar famôso tem que curar seus doentes. O restabelecido cita o seu nome com prazer. Mas as vezes, o medico falha. Ponderava ele, com os olhos semi cerrados. Esforçando-se para ser agradavel. Dava graças a Deus quando ela ausentava-se. Ele estava com saudades do seu avô. Mas, não sabia como apressentar-se diante dele. Eu devia consulta-lo o que devia fazer?
Mas estava tao fatigado mentalmente que capitulei e a mamâe prevaleceu-se — E... se eu convidasse a Rosa para fugir-nos? Sera que ela fugia?

81

Mas, eu sou um êlementar. Um intelectual, e um homen de cultura não pratica atos que dessabona-o. Dava um suspiro. Convencido que havia destruido a sua vida pensava na tia Helena que recebia o sorrindo. Ele queria conservar amisade na familia porque não aprovava a incompatibilidade.

Será que a Rosa odêia-me?

Será que vae amaldiçoar-me?

Compreendeu que devia ressignar-se com a sua nova condição de vida.

Marina saia todos os dias e voltava quando queria. Ele, não préocupava porque não tinha ciumes.

Ficou estupéfato quando sua mâe citou-lhe que ia dar uma fésta no seu aniversario. Se ele, e Marina estavam juntos ela não ritirava os olhos de seu rosto.

Percebia que ela amava-o.

O seu pae achava que ele estava definhando-se. Ele não lamentava. Mas os seus atos, e fisionomia revelavam suas angustias.

No dia de seu aniversario a casa superlotou-se. Os parentes da Maria afluíram-se até a terçeira geração. Eram ricos fôram reçebidos com pompa, e frases aveludadas.

Ele fitava-os e pensava: Não é este o povo que eu escolhi para mesclar-me.

Sua mâe era amavel, e as bajulações reciprocas. Deu graças a Deus, quando a fésta finalisou-se porque era época do exame e ele precisava dormir mais, para ficar lucido quando fosse ser examinado. Mas a sua mâe queria fésta...

E ele ja estava cançado de discusão. E o que lhe adiantaria discutir? Não vencia. E ficava supernervôso. Ele estudava com negligência. Era um homem que não tinha meta na vida.

Ele estava indeciso porque o dia do aniversario de seu avô estava proximo e ele ja estava habituado a ir comprimenta-lo. Eram amisades solidas que convergiam, e não divergiam.

Ressolveu comprar mêias de lans para o vôvô porque o inverno aproximava. Ele achava a sua existência insípida não

encontrava prazer em nada que rodeava-lhe. Sua esposa estava sempre no seu encalso igual um caçador acossado-o. Pareçe que vim ao mundo, para ser dominado pelas mulheres. Antes, era a minha mâe. Agora, é a minha esposa.
Eu, estou dentro de um ciclo.
Seu pae e a Marina, comprimentavam não paléstravam. Ele, e seu pae achavam que ela era igual um obgeto incomodo que a gente não o quer, mas, somos obrigados a conserva-lo.
Convidou seu pae para ir visitar o vôvô porque estava com recêio de ser expulso porque não foi dar satisfação a Rosa. Depôis que ele casou-se, emancipou-se, mentalmente. Arrependeu-se de não ter lutado para casar-se com a Rosa.
De uma coisa ele estava ciente — que quem casa, é os corações.
E o seu coração, não estava casado com o de Marina. Quantas coisas, ele aprendeu depôis do casamento. Aprendeu fingir. E quem finge, é ípocrita, e ele, tinha pavôr a ipocrésia. Para ele, Marina era um fardo de mil tonéladas que ele, tinha que condusir na vida.
Seu pae agradeçeu-lhe por ter relembrado o aniversario do velho. Quando chegaram, que alegria!
O senhor Pedro abraçou o filho e o neto. Perguntou-lhe:
— A familia vae médrar?
— Porinquanto não.
O senhor Pedro deu um longo suspiro.
— Que pena! Eu pensei que ia ser bisavô! A tua esposa não quer ser mâe? O mundo transformou-se depôis que as mulheres passaram a predominar-se.
Roberto, e Renato olharam-se.
— Senta meus filhos!
Eles obedeceu-lhe.
O olhar de Renato perpassava pela sala e foi pousar no lugar onde ele sentava para pensar na vida sublime que ia ter ao lado de sua Rosa. Porque será que a incompatibilidade surge depôis e o aféto vae evaporando-se.

O vovô estava diferente. Não fez perguntas. Renato ficou decepcionado com aquele acolhimento glacial.

Renato perguntou:

— E a titia, como vae?

— Vae indo bem. Ela saiu com a Rosa fôram fazer compras.

Roberto deu-lhe um cheque, e o Renato entregou-lhe as mêias.

Ele desfez o embrulho e agradeçeu sorrindo.

— Você adivinhou. Eu sinto os pés tão frio de manhâ. O presente, é oportuno.

Renato recebia o olhar de seu avô como se fosse duas tochas de fogo.

Deu graças a-Deus quando o seu pae despediu-se. Ele ja estava habituado com a insistencia de seu avô suplicando-lhe para ficar. Mas o velho falou o menos possivel.

Quando eles sairam Renato disse-lhe:

— Sabe papae, agora é o vôvô que divergiu-se conôsco. Não o recrimino porisso, porque os insultos partiram da mamâe. Agora somos linhas paralelas. Como é horrivel ser tratado com indiferência. E ele sabe despresar.

Roberto olhou o seu filho que já estava começando enrrugar as faces disse-lhe:

— Ele aprendeu com a tua mâe! Eu ainda não vi nada de util, praticado por ela. Igual a tua mâe meu filho, existe dezenas de pessôas.

— A titia estava em casa. Ela ouviu-nos e ocultou-se. Eu queria ver a Rosa. Sabe papae, o homem satisfaz o seu desêjo sexual quando consegue a mulher que ele venera. O meu desêjo de passar umas horas com a Rosa ainda ocupa espaço na minha mente. Eu não tive opurtinidade de aprender o que os outros jovens aprendem. Uma coisa eu aprendi — o amôr, não é sectil. As nossas vidas coincide não é papae?

— Em que meu filho?

— Eu não gosto da minha esposa. E o senhor não gosta da mamâe.

Roberto ficou pensativo. Olhou o relogio e despediu-se do seu filho. E foi trabalhar.

Renato seguia-lhe com o olhar. Até ele penetrar numa rua que ia até o escritorio. Ele ficou parado na esquina contemplando a multidão que invadia a linda praça da Sé. Quando via um casal sorrindo reciprocamente contemplava-os pensando: Estes uniram-se por amôr. Suas vidas não ha extertor nem insatisfaçães. Olhou o relogio e dirigiu-se para a sua casa. Sua esposa estava ausente. Dêixou-lhe um bilhête avisando-o que estava no médico.

Quando um homem sabe que a esposa está doente, fica préocupado. Ele, não inquietou-se. Foi para o seu quarto e fechou a porta. E dêitou-se.

Sua mâe foi desperta-lo para ir a aula.

— Eu estou indispôsto mamâe. Hoje eu não vou sair.

— Eu vou fazer um chá e você vae a aula. Este ano você forma se o ano que vem, praticar num hospital e trabalhar num consultorio propio.

Ela foi fazer o chá. Quando ela voltou-se ele ainda estava no lêito. Ele foi sorvendo-o lentamente. Estava tão agitado interiormente que desêjava aprofundar-se numa floresta e transformar-se num eremita. A vida na cidade é tão atribulada que a minha mente está saturada.

Marina chegou e foi para o leito dizendo que estava com dôr de cabeça. Ele não emocionou. Ela, começou chorar. Ela, começou chorar. Já não suportava a indiferença do seu esposo. Ele trocou-se e foi a escola. Dona Maria Emilia foi ver o que é que a Marina estava sentindo. Seu esposo chegou encontrou a preocupadissima. Andando de um lado para outro.

— A Marina está com febre.

— Compete a voce velar pela sua reliquia. Esta mulher faz parte de nossa familia porque a senhora mesclou-a na minha casa casando-a com o Renato. Ele não a-ama. Revelou-me hoje. E eu queria ver o meu filho feliz. E a senhora queria vê-lo rico. So depôis que nos casamos e que eu compreendi que não nasçemos um para o outro. A senhora corre como louca a-tras do dinheiro. É ambiciosa demaes.

— Você queria que ele casasse com uma plebeia.

— O homem deve casar-se com quem ele quer. Você decepou a felicidade do nosso filho. Dessuniu a nossa família.

O telefone tocou. Roberto foi atender. Era da faculdade de medicina chamando-o com urgência que o Renato estava inconciente.

Dona Maria Emilia ritirou o carro da garagem e zarparam-se. Quando chegaram na escola o diretor estava a sua espera.

— O que foi doutor? Perguntou impaciente dilatando muito os olhos e respirando agitada demostrando apreensão.

— Ele desmaiou-se mas ja está melhor. Vamos entrando.

Era a primeira vez que Roberto entrava na escola ia adimirando tudo com tristêsa no olhar.

Não é nada agradável ir num lugar para encontrarmos aborrecimentos. Ele e sua esposa seguia o diretor. Entraram numa sala. Renato estava sentado num divan com a cabeça reclinada na almofada.

— Está melhor meu filho?

— Eu, pedi a senhora que queria ficar em casa. A senhora não permitiu-me.

O diretor deu-lhe uns remédios recomendando-lhe repouso.

— Sabe Dona Maria Emilia, ele sofreu um habalo mental tremendo. Ele ja podia ser aprovado mas, nós temos recêio de diploma-lo. Ele é neurotico. Ia tão bem nos estudos depôis foi coartando, o interesse. Ele vacila quando pega o bisturí. Suas mãos treme. E a unica coisa que o médico precisa ter, são as mãos firmes. Ele não pode ser nem assistente porque não pode aplicar nem uma ingeção!

— Meu Deus! Soluçou Dona Maria Emilia levando as mãos na cabeça. Quer dizer que o dinheiro que eu gastei com ele, foi inutil.

O diretôr olhava-o penalisado.

— Ele tem cura doutôr?
— Não sei. O seu mal é Moral. Mal da alma. Pareçe que ele foi repreendido tolhido nas pretensôes. A senhora sabe o que é que lhe aflige?
Ela soluçou. Pegou no braço de Renato que parecia um automano.
Roberto resolveu guiar o carro porque a sua esposa estava nervosa. Ele ia pensando: Foi bom, termos so um filho. Porque ela, com sua mania de dominadora havia de vedar os desêjos de todos. Deus, sabe o que faz. A ele, envio meus agradecimentos.
Quando o carro chegou, Roberto desceu e ritirou o seu filho do carro e disse para a sua esposa:
— Ele, vae para o nosso quarto. Ele não suporta a presença de Marina.
— Oh Roberto! Exclamou Dona Maria Emilia dilatando os olhos. Ela é sua esposa e vae ficar maguada.
— O médico recomendou-lhe repouso. Os males Moral são dificies de elimina-los porque são gerados dos fatos insolucionaveis.
Dona Maria Emilia estava perdendo a sua ação dominadora. Acompanhou seu filho que era condusido pelo seu pae, hombros curvados como se estivesse no mundo a noventa anos.
Ele sentou-se na cama e foi despindo-se. Vistiu um pijama de seu pae e dêitou-se. Ela sentou-se na cama olhando o seu rôsto palido e triste. Arrependida de ter interferido na vida de seu filho com impériosidade. Compreendeu que envez de auxilia-lo prejudico-o. Eu pensava que estava favoreçendo-o.
Levou as mâos na cabeça e balbuciou:
— Meu Deus! Meu Deus! É horrivel ver a nossa vida descompondo-se.
Ela havia idealisado tudo diferente. Ela não espérava um encontro com a fatalidade. Porque pretendia encontrar-se com a felicidade. Mas o destino desviou-a para outro roteiro, e ela

87

estava conturbada porque não é nada agradavel, reçeber uma chibatada da ironia. Perguntou ao seu esposo:

— Será que devemos relatar a Marina que o Renato não vae reçeber o diploma de doutôr?

Ele olhou-a com cara de nôjo. Como se tivesse horror de fita-la.

— Você... nunca consultou-me em nada. Dêsde o dia que nos casamos você passou a ser o cérebro dominante. Aqui tem que ser tudo ao seu bel-prazer. A nossa vida é igual um novelo de linha que você dessinrolou, o e depôis emanhánrou-se, e nós não encontramos o inicio da linha. Olhando a sua nora da a impressão de estarmos olhando uma coisa que a gente nunca viu, e não se sabe o que é. Você se arranja com ela, como quizer. Ela é problema todo teu.

— Para o meu filho, ela, é uma boé. E para mim, uma bagana!

Dona Maria Emilia tinha a impressão de ser um general em guerra — Olhou seu filho que estava dêitado com os sapatos nos pés — Foi descalça-lo.

Revistou os bolsos do seu palitol encontrou um recorte de jornal. Desdobrou-o, leu, e deu um grito:

— Oh! Meu Deus! Será isto, o motivo de sua enfermidade? Vêja.

Roberto pegou olhou. Perguntou-lhe:

— O que ha de mais nisto?

— Eu não sabia que a Rosa havia casado?

Roberto dobrou o jornal e colocou no bolso de Renato.

— Eu sabia porque fui convidado, e dei-lhe um presente.

— Com quem ela casou-se?

— Com o dr. Joel de Castro.

— Ah! Ele é doutôr?

— Ah, um ano! E tem uma clinica favoravel. Ele foi colega do Renato. Formou-se o ano passado. E assim, nos temos um doutôr na familia. A Rosa vae ser mãe.

A criada anunciou o jantar. Ela foi despertar a Marina. Encontrou-a sentada na cama chorando.

— Oh! O que ha?
— É que eu pensei que a senhora não vinha ver-me, e que eu estava num deserto sem auxilio.

Dona Maria Emilia reçebeu as palavras de Marina, como indireta.

— É que o Renato adoeçeu na escola e eu fui busca-lo.

Marina deu um longo suspiro e comentou com amargura.

— Filho, é filho! Ele, em primeiro lugar. É o élo de ouro da casa. A senhora quer chamar um médico para mim?

Entregou-lhe um cartão com o endereço.

Dona Maria Emilia leu o cartão e sobressaltou-se.

— Oh! Hoje, é o dia das surpresas. O seu médico é o dr. Joel de Castro?

— É! Ele é bom médico.
— Ele é o esposo de Rosa!
— Eu já sei. Ele enalteçe-a muito.
— Ela, tinha que casar-se com alguem.
— Você não quer jantar?
— Quero so uma sôpa.
— Eu vou buscar.

Dona Maria Emilia saiu pensando na sua vida que começava girar na direção dos aborrecimentos.

Marina era altiva, arrogante. E gostava de ser a estrela do oriente no lar. E ela, e o Renato, e o seu esposo acompanhando-lhe igual os Rêis Magos. Agora é que ela notava a diferença entre ela e a Rosa. Quando a criada faltava a Marina não lhe auxiliava. Não preparava nem a mêsa para as refêiçôes. A Rosa não tinha dote, mas era afavel. E gostava de cooperar. Perçebeu que começava antepatisar-se com ela.

Mas a Marina não era uma doméstica que podemos pagar-lhe, e indicar-lhe a porta.

Preparou-a sôpa na bandêija guarda-napo, agua, e levou.

Disse-lhe:

— Eu telefonei para o médico, ele não está. Vou procurar outro.

89

Marina ficou agastada:

— Não. Eu quero é o dr. Joel. Não gosto de alterar meus habitos.

É que a Dona Maria Emilia não queria reçeber o esposo de Rosa no seu lar. Seu olhar e o de Marina encontraram-se. Ela disse-lhe:

— Todos médicos são iguaes.

— Quer dizer que para a senhora todos os pés os numeros são iguaes?

Ela coçou a cabeça. Demonstrando impaciência.

— A senhora quer dizer ao Renato para vir ver-me! Ele já é médico ja era para estar diplomado. Não podemos ficar girando na vida. Eu estudei, formei e vou trabalhar. Já que não tenho filho para prender-me em casa. Mas quando o Renato formar-se eu não vou trabalhar. Esposa de médico, não trabalha. A Rosa já tem criada.

— Quer dizer que você procura inteirar-se da vida de minha sobrinha?

— É que eu a vi na fêira fazendo compras.

Marina sorriu. Dêixando sua sogra intrigada.

— Qual é a razão do afastamento do Renato ao meu lado?

— É que você estava dormindo eu não quiz incomodar-te.

— Obrigada. Mas a senhora proçedeu mal, porque quem vê ha de dizer que eu despreso o meu esposo. Ha unica coisa distruidora no mundo, é a lingua humana. E eu não quero ver o meu nome propalado.

Dona Maria Emilia saiu pensativa. Chegou na sala de jantar parou e olhou a fôlhinha. Quero gravar esta data na minha mente porque é o dia que os aborrecimentos, visitou me. Estava abalada porque o seu filho não ia reçeber o diploma e a sua nora, queria vê-lo clinicando. Ela casou-se com ele porque ele ia ser doutôr e porque foi instigada pela sogra — porque é que fui tão apressada, casando-o antes de forma-lo. Para afasta-lo da Rosa. Seja qual fôr o nosso ato, surge uma consequência. Quando executamos algo que não produs o que esperamos é que começamos a compreender a vida.

Estava exausta. Queria sentar-se, queria dêitar-se. Mas, sentada ou dêitada, ela não ia ter tranquilidade de Espirito.

Foi ver o seu filho que estava dêitado. Deu-lhe um prato de sôpa e convidou o seu esposo para vir jantar-se.

Aquele silêncio enervava-a. O seu esposo não lhe dirigia o olhar. Suspirava e lamentava.

— Que ruina meu Deus! Que ruina.

A campanhinha tilintou-se.

Roberto levantou-se da mêsa e foi atender.

Era Joel que penétrava naquela casa pela primeira vez. Olhava em todas direcôes adimirando os quadros e os moveis finissimo os tapetes de viludo de seda.

Comprimentou:

— Bôa-tarde tio Roberto. Bôa-tade Dona Maria Emilia.

Ela notou a friêsa do seu olhar e as palavras. Tio Roberto. Quer dizer que não me considera sua tia. A Helena deve falar muito mal das minhas açôes. E ele já está previnido. Contra mim. Tenho a impressão, que estou sosinha nêste mundo.

Joel sentou-se na cadêira que o seu tio indicou-lhe.

— Fiquei preocupado com o seu chamado titio. O que há por aqui?

— É para examinar o Renato que está doente!

— Oh! Que pena! Se eu pudesse eliminar do glôbo o vírus das enfermidades! Quero vê-lo.

Roberto levantou-se da mêsa e indicou o quarto ao Joel. Renato estava de costa. Joel deu a volta ao redor da cama.

— Bôa-tarde Renato.

— Bôa-tarde Joel! Prazer em ver-te! Senta! Todos os dias eu penso em vocês.

— Você precisa visitar o vôvô. O roteiro é o mêsmo! E nos gostamos de você. Joel pegou-lhe o pulso. Está normal. Examinou-o minuciomente.

Dona Maria Emilia penétrou no quarto para presenciar o exame.

Eles falavam os termos da médicina e ela, não compreendeu nada.

Renato sentou-se na cama e olhou o seu amigo dos pés a cabêça.

— Você trabalha muito?

— Tem dia que trabalho até as duas da manhâ nos partos noturnos quando fico de plantâo nos hospitaes. Trabalho em dôis hospitaes e no consultorio.

— Fico satisfêito com a sua vida deslisando sem curva.

Deu um longo suspiro e disse com a voz amargurada:

— A minha vida partiu-se varias vezes que emendando-a, não há possibilidade de aprovêitar nada! Dizem que a vida é bôa aos quarenta-anos. Mas eu não vou conheçer esta idade.

Joel mordeu os lábios. E o seu gesto foi notado por dona Maria Emilia que ficou apavorada.

— Você precisa distrair-se. Vigiar e conformar-se com as vissicitudes da existência.

Ele ergueu os olhos ao redor e os seus olhos encontrou os de sua mâe fitando-lhe com ternura.

— Sabe Joel. Eu, sou um homem amputado. Tenho a impressão que fui atingido por um furacão.

— Amanhã voçe vae passar umas horas no meu consultorio. Quando você estiver trabalhando ha de reanimar-se.

— Amanhã eu vou.

Esperou a interferencia de sua mâe mas, ela não lhe disse nada. Marina penetrou-se no quarto e perguntou:

— O que ha por aqui? Fiquei intrigada com o mistério que paira por aqui. Parece que conspiram-se.

Vendo o Joel comprimentou-o.

— Bôa-tarde doutôr.

— Bôa-tarde Dona Marina.

— Eu mandei a minha sogra chamar-te.

— Eu atendi o chamado do senhor Roberto, aliás tio Roberto.

— Eu estou doente.

— Agora o senhor examina-a. Sugeriu Dona Maria Emilia.

Marina ficou ressentida.
— Primeiro os filhos. A senhora atualmente, trata-me com indiferência.
— Oh! Marina! Até você... sensurando-me! Eu sempre gostei de você. É a primeira vez que eu vêjo doença no meu lar. Fique dessorientada. A dessorientação nos dêixa néurotica.
— Se dêixa! Confirmou Renato menéando a cabeça. Eu sei porque tenho experiência propria. Ele fitou o rôsto palido de sua esposa e perguntou-lhe: Você disse que está doente o que está sentindo?
— Dôr de cabêça.
— Vae dêitar-se. Depôis o Joel vae examinar-te. Eu ainda não posso reçêitar porque não tenho o diploma que é autorisação oficial da escola.
Dona Maria Emilia e o seu esposo, entreolharam-se. Joel percebeu que alí havia algo grave e dificil de solucionar. Marina foi para o seu quarto pensando que com o decorrer dos tempos ela, ia cançar de viver naquela casa. Dêitou-se.
Joel olhou o relogio. Levantou-se. Renato disse-lhe:
— Não vae! Eu, sempre gostei de voçê. E a visita que mais me agradou foi a tua.
— É que a Rosa está prestes a ser mãe, e eu tenho reçeio de ficar fora de casa. Eu estou apreensivo porque é o primeiro filho, e eu não sei se o parto vae ser normal ou cesariano.
Roberto interferiu-se dizendo:
— É toliçe pensar com anteçendência o que tiver de ser, será.
— Mas, ela é tão bôa. Ela substitue o que eu não tive na vida.
— O que foi que faltou-te? Perguntou Dona Maria Emilia com anciedade.
— Mâe! E pae! Mas, agora estou amparado. Tenho uma ressidência de ouro. O coracão de minha esposa. Renato, eu sempre amei a Rosa dêsde o instante que a-vi. Manifestei o meu sentimento, quando você desposou a Marina. Quando o homem tem duas mulheres na sua vida fica indeciso na escolha. No fim,

uma, suplanta a outra. A Marina reçebeu o lugar de honra no teu coração.

Renato perpassou os dêdos nos cabêlos que estavam despenteados.

— Olha Joel, este casamento foi realisado por insistência de mamâe. Mas a mulher que ela deu-me não concretisa os meus sonhos. É esteril. E eu, queria filhos. E a mamâe uma nora rica. Eu não odêio-te. Você acertou casando-se com ela. É tão simples contenta com as suas possibilidades. Não é mulher que transforma o homem em laranja. Apertando-a enquanto promana caldo. Azucrinando-lhe com pididos impossiveis. Eu observei muito a Rosa para ver se ela era digna de ser a minha esposa. Quanto a Marina, não tive tempo de conhecê-la. Avisa-me, quando chegar a criança.

Ele ia saindo, Renato pediu-lhe para examinar sua esposa. Levantou-se e indicou-lhe o quarto. Entraram. Ela estava deitada chorando.

Joel examinou-a.
— Ela está com febre.
Mentiu para agrada-la porque não encontrou enfermidade. Recêitou-lhe um calmante. Despediu-se e saiu.

Renato dêitou-se e acendeu um cigarro. Marina deitou-se nos seus braços e começou bêija-lo. Ele jogou o cigarro no cinzeiro.

Olhou-a nos olhos e perguntou-lhe:
— Podeis dizer-me porque estais chorando?
Ela não respondeu-lhe. Ele prosseguio:
— Suas lagrimas incomoda-me. Você não se sente feliz aqui? Esperou ela responder-lhe. Seu silencio enervava-o.
— A senhora tem que esclareçer, para eu tomar uma decisão.
— É que você evita-me! Não acaricia-me. E eu te quero bem. Quantas vezes tenho desêjo de bêijar-te afagar-te e premir-te nos meus braços. Mas a tua indiferença. Eu não tenho incola no teu coração. Sendo assim... dêvo chorar.

Ele alisou-lhe os cabêlos de Marina que ficou satisfêita com esta amostra de aféto. Apagou a luz e adormeçeu. Marina ficou pensando porque estava sem sono. Dormiu durante o dia. Não era assim que ela idealisou a vida conjugal. Pareçe que cançou-se da minha presença.

    Será que realiso as bodas de ouro? Pelo que vêjo, nem a de prata. Como é horrivel permanecêr no lêito sem sono. Ficou pensando banalidades. Respirou aliviada quando o dia surgiu. Dêixou o lêito, abriu a janela e o seu olhar perpassou pela amplidão até as pousar la nas serras que marcavam o ponto visual. Pareçendo que a terra unia-se com o céu. As nuvens vagavam indolentemente para o Norte. O astro rei estava ocluso pelas nuvens. Mas ele é potente ha de surgir. Os fortes triunfam. Não cede. Mas o que será que ocorre comigo que estou confusa? Ela abluiu-se.

    Preparou-se, fez a refêição matinal e disse que ia passar o dia com sua mâe.

    Renato ficou olhando ela descer os degraus. Não entrestecia com a sua ausência. E não sentia falta da sua presença. Reconheçeu que não sabia fingir. Ele ritirou o carro da garagem e foi visitar o vôvô — foi recebido com gaudio e proeminência.

    — Como vae a tua vida?

    — Vae indo vôvô. Sem halo.

    — Eu sêi! Eu sei! Ja previa isto. Não é tudo que a gente pensa que da certo na vida. E tem fatos inrremédiaveis. Senta-te. Eu pensei que havia olvidado-me. Agora você está super-rico. Casou-se com mulher rica. O casamento não é negocio monêtario. É negocio Espiritual. União de dôis entes que entende-se. Mas a Rosa é feliz. O Joel é um santo. Não cultiva vicios. Não dissipa o que ganha. Não tem ninguem no mundo para interferir-se na sua vida. É feliz. Você nasçeu no berço de ouro. Mas leva uma existencia tolhida sem curso definido. O erro do teu pae, foi dêixar a tua mâe grazinar tanto que dessorientou-te. Tua mâe é um ecúleo na tua vida ou melhor, na nossa familia. Mas, as pessoas que andam sempre com a cabêça erguida chegará o seu dia de andar com ela curvada. Eu não conheço a tua esposa. Ou a tua mâe proibiu-te de dizer que tens um avô?

— Qualquer dia, ela há de vir ver-te. A mamâe devia apresenta-la ao senhor. Sabe vôvô eu estou vivendo sem ilusão, sou igual um barco sem leme ao dispôr das ondas.

Rosa penetrou, na sala, vendo-o comprimentou-lhe.

— Como vae Renato!

— Igual um Marechal derrotado. Estive em guerra com um desêjo, e não venci. E você sabe, que o vencido dissilude-se. Olhando-a, minuciosamente disse-lhe: Você está encantadôra! Embora tardiamente, os meus parabens pelo teu casamento.

Ela não respondeu-lhe: e ficou olhando o solo. Deu um suspiro comovido.

— Todos parabens, agrada-me, menos, o teu! O teu fere e desperta docês recordações. E quando recordamos algo, pareçe que estamos ressucitando o impossivel.

Ele fitou-a no seus trages gestantes e disse-lhe:

— O que vale na vida é ser feliz. E você é?

— Eu vou preparar o almoço para o Joel. Ele vive tão atribulado.

— É o comprovante que é bom médico.

Ela foi para o interior da casa ele seguia-lhe com o olhar.

Ainda estava olhando quando viu sua tia surgindo do interior da casa. Levantou-se e foi ao seu encontro.

— Bom dia titia! Eu estava com saudades da senhora. O Joel recomendou-me distrações e eu vou sair com a senhora novamente. Vamos aos theatros e bailes.

Ela sorriu-lhe e deu-lhe um abraço.

— Eu já estou envelheçendo. O mundo ja é um theatro. Os velhos vão afastando-se, e os novos vão entrando em céna. Ja estou tão dessiludida.

— Quando foi que a senhora começou dissiludir-se?

— Quando vi a minha filha chorando e querendo dar fim a existência. Ha certos atos que surge na nossa vida que é igual um vendaval no coração. O coração, é uma antena da alma.

Ele meneou a cabêça dizendo:

— Eu sêi. Eu sêi. As nossas maguas, fôram iguaes. Se coloca-
-las na balança, não ha diferença de pêsos. A senhora está mais
clara.
— É que eu dêixei de trabalhar no Sol. O Joel nos favoreçe
muito. E eu já habituei-me com ele. É um bom êlemento e a
nossa vida decorre sem aborrecimentos. Porque ele é sosinho
e Deus, e não ha polemicas entre familias. O Raul está satisfêito com o desfecho que ouve entre você e a Rosa porque a tua
mâe é uma mulher caprichosa so que os caprichos que ela adota fere. Eu gosto de mulher feminina tua mâe nos diminuiu
muito. E o teu pae não se oponhe.
Renato não apreciava este genéro de palestra. Mas tolerava
porque reconhecia que a sua tia, estava com a razão. Joel e o
seu sogro chegaram para almoçar.
— Bom-dia Renato, como vae?
— Mais ou ménos titio.
— Bom-dia Renato.
— Bom-dia Joel.
— Você melhorou?
— Não sêi. Eu ando tão triste que estou aborreçendo-me do
mundo.
— Tolhiçe. Voce precisa distrair-se ser o dono exclusivo de
suas açôes. Viajar. Arranjar bôas amisades para dilatar suas
imaginacôes pensar sempre no triunfo. Lutar para conseguir
tudo que desêja.
Renato acatou com entusiasmo as palavras de Joel. Deu um
longo suspiro e disse com voz triste e compassada:
— Os teus consêlhos chegaram tarde demaes. Eu, tenho um
desêjo que está avulumando-se na minha mente.
— E qual é o teu desêjo. Perguntou-lhe o seu avô que estava
ouvindo-o ha longos tempos.
— Já, que eu não tive a sorte de casar-me com a Rosa, não
quero ser livre como as nuvens no espaço. Eu não encontro
suavidade nêste casamento. Não gosto nem de pronunciar
o nome da mulher que a mamâe deu-me. Os homens esco-

lhem as suas companhêiras... e eu? Ganhei uma que não é do meu gosto. Até as crianças escolhem suas bonécas. Não é vôvô?
　Ele ritirou o lênço do bolso e enxugou os olhos. Gesto que dêixou todos comovidos.
　Rosa vêio convida-los para o almoço e vendo o seu esposo foi bêija-lo.
　Renato ritirou os olhos com inveja e ciumes. Ela podia ser minha, e é de outro. Olhou o relógio e disse:
　— Eu vou-me embora. Pensou: Reconheço que não sou feliz em parte alguma. Lá em casa, vêjo quem eu não gosto. E aqui eu vejo quem eu gosto nos braços de outro. Que dilema na minha vida!
　— Fica para almoçar! Convidou o seu tio comovido com a palides de Renato.
　— A mamâe espera-me. Eu avisei-lhe.
　— Fica. Ordenou-lhe o seu avô. Você agora é casado. É um homem!
　Ele dicidiu ficar. E a palavra é um homem ficou avulumando-se no seu cerébro. Na sua imaginação ele era um homem de cem metros de altura. Quando ele sentia as ideias confusas, meneava a cabêça com rapides para voltar ao normal. Acompanhou seus parentes, lavaram as mâos e fôram almoçar. O radio tocava musicas classicas.
　Ele apreciou a refêição e ficou mais animado. Disse:
　— Tudo aqui nesta casa reconforta-me, a comida, o acolhimento e as palavras.
　Joel despediu-se. Recomendou a sua esposa que devia dêitar-se durante o dia. Deu-lhe um osculo, entrou no seu automovel e zarpou-se. Rosa ia acénando-lhe a mâo e enviando-lhe bêijos.
　Seu avô foi dêitar-se ele acompanhou-lhe. A cama era espaçosa deitaram-se, vis-a vis e ficaram conversando. Sentiram frio agassalharam-se com o cobertor de lã. O sono surgiu eles adormeçêram.

Dona Helena foi fechar a janela pensando no seu sobrinho que convidava-a para passear. Tem atenções que cativa.

Rosa foi dêitar-se. E ela ficou sosinha cuidando dos afazeres. Quando Marina chegou na casa de sua mâe ela não estava foi ao mercado. Ela ainda conservava a sua chave. Abriu a porta estava com fome foi procurar o que comêr. Depôis foi tocar piano. Tocou suas musicas prediletas. Estava alegre e pensou: A casa onde a gente nasçe e cresçe é para nós, igual a casca do amendoim. E eu gosto daqui. Vou convidar o Renato para virmos residir aqui. A mamâe é sosinha. E a Dona Maria Emilia tem o seu esposo para fazer-lhe companhia. Como é que eu não pensei isto ha mais tempo? É que eu ando tão atribulada com o descaso do meu esposo. Ele trata-me com tanta friêsa. Pareçe que estamos nas bodas de diamante. Estava tocando tão distraida que errava as teclas e a sua musica era esquisita. Sem ritimo.

Sua mâe chegou e ficou expantada ouvindo-a. Pois as sacolas no assoalho e aproximou-se e pôis as mâos no seu hombro docilmente.

— Bom-dia minha filha!

— Bom-dia mamâe! Eu fiquei com saudades da senhora vim ver-te.

Ela bêijou as façes gelidas de Marina e ficou préocupada.

— Você está doente minha filha?

— A senhora açêrtou. Hontem eu passei o dia horrivelmente mamâe. Eu estou pensando em vir morar com a senhora. Aqui eu vigoro, e lá eu definho. É aqui o meu ninho. Eu não sei viver longe da senhora. A senhora é igual o sol, que gente nunca aborreçe de contempla-lo.

Dona Celeste ouvia sua filha falar e foi ficando apreensiva.

— Minha filha e se o teu esposo não concordar?

— Ele não me apreçia mamâe. Ele pensa na prima. Quando ele está dormindo pronuncia-lhe o nome. Rosa! Rosa! Não foge dos meus braços! Abraça o travesseiro bêijando-a com ardôr. E eu, nunca recibi aquelas cariçias.

— Minha filha. Enquanto ele não abandonar-te não deveis sair do lar para não perder o seu direito perante a lêi ele pode alegar esposo abandonado. Lembra-te que foi o homem quem criou as lêis. E eles são os mais benéficiados. E a tua sogra? Ha de opôr-se. E a pior coisa na vida, é a gente querer realizar algo, e encontrar oposição.

— É que lá, eu, tenho a impressão que estou entre extrangeiros. Quero habituar-me la e não posso.

Dona Celeste achava a filha habatida. Compreendia que a indiferença do homem que amamos nos definha a alma. Quantas pessoas eliminou-se dando fim a existência porque perdeu o ente amado. E a gente tem mais prazer de viver quando ama--se e é correspondida.

Dona Celeste deu um suspiro longo pensando que a vida de sua filha já estava fendendo-se e podia desmoronar-se. E ela já estava anosa e queria sair do mundo quando a morte lhe arrebatasse e dêixar a filha em pleno goso de felicidade.

— Eu vou preparar o nosso almoço e você hoje, vae passar o dia aqui.

Marina ficou réanimada depôis que viu e ouviu a sua mâe. Reconhecia que estava agastada com as manêiras indiferentes do seu esposo. Ela almoçou bem. E foi percorrer o jardim. Olhando os recantos onde brincava quando era criança e aspirando o odôr mesclado das flores.

Ergueu os olhos fitando o espaço e o seu olhar pousou no disco lunar que estava imóvel como se estivesse méditando.

As avês vôavam em bando chilreando-se. Ela sobressaltou--se quando ouviu o telefone tilintar galgou as escadas e foi atendê-lo.

— Era a sua sogra perguntando-lhe se estava melhor.

— Eu estou mais animada. Era uma indisposição passageira. Os ares da minha casa reanimou-me.

Dona Maria Emilia sorriu e perguntou-lhe:

— O Renato almoçou bem?

— Ele não está comigo.

— Não está?
— Não senhora!
Um caláfrio percorreu o corpo de Dona Maria Emilia. Ele saiu a-pé.
— Você vai jantar ai?
— Vou jantar e dormir com a mamâe. Quando Renato chegar dis-lhe para telefonar-me.
Ela desligou o fone pensando: Onde será que foi o Renato? Ela adorava-o e estava disposta ir vivendo com ele, alimentando a ilusão, que ele havia de ama-la um dia. Mil pensamentos invadiu-lhe o cerébro.
Será que ele tem outra mulher? Será que quer organisar outro lugar com alguem? Ela, será loira ou morena?
O seu casamento era igual uma bomba que chega-se o lume no estopim, e corre para longe aguardando o estouro, e falha. Fizeram a bomba e esqueçêram de por a polvora.
Assim era o seu casamento.
Casaram-se, mas não havia o amôr como rechêio. A união é bela, quando o amôr é reciproco igual duas mâos unidas.
Dona Celeste estava preocupada porque a Marina depôis que casou-se estava definhando-se. E ela ia falar com o Renato. Que sua filha queria ressidir-se com ela. Se ela, quer vir viver comigo é porque sente-se melhor aqui. Dêvo até orgulhar-me.
Foi procura-la no jardim para tomar café.
Marina disse-lhe que ia dormir la.
— Avisou o teu esposo?
— Avisei a minha sogra. O Renato não estava em casa.
— Com certêza está na escola. É este ano que ele forma-se?
— É. Mas eu vou la na Escola saber como é que ele vae nos estudos.
Quando Renato chegou na sua casa estava tão nervoso que dêixou sua mâe assustada. Ela estava so com a criada. Ressolveu, telefonar para o seu esposo. Quando ele chegou viu o seu filho sentado na poltrona rasgando jornaes. Ia ritirando os jornaes velhos e rasgava-os em pedacinhos miudos. E estava um

monte enorme aos seus pés. Cada louco adota uma mania. Será que este vae ficar rasgando papeis! Que pena! Ele, é tão bonito, e é meu unico filho.

Ressolveu falar-lhe:
— Como vae doutôr Renato?
Ele ergueu a cabêça.
— Oh! Papae! Eu estou tão agitado.
— Porque meu filho?
— Sabe papae, a Rosa, vae ser mâe!
— Eu já sêi. E as mulheres vem ao mundo para ser esposa, e mâe.
— Não é isto papae, é que ha partos dificies e ela poderá morrer, e eu não quero. Ela, vivendo, não me pertençe. Mas eu posso ve-la uma vez ou outra. Ela está tão bonita. Com suas cadeiras volumosas. Da para perçêber que ela ainda ama-me. O meu amôr era mais impetuôso do que o de Joel. Ele conseguia sem luta, sem preambulos. E a maioria não dá valôr as côisas que consegue-se sem sacrificios. Eu e a Rosa tinhamos combinado que os nossos filhos iam ter os nomes com as iniciaes R. Regina, Ruthe. E o fim, foi renuncia. Ela ia aprender o corte e custura para conféccionar as roupas dos nossos filhos. Hoje, eu fui vê-la. Passei o dia la com a titia. Fui bem acolhido. Todos estavam alegre. Ménos eu. Eu e o vôvô dormimos durante o dia. A titia tem telefone e nunca telefonou para nós. O vôvô disse-me que é comum a dessidência nas familias. Aqueles que enriqueçem distanciam-se dos pobres. Eu penso que devia unir-se. O vôvô disse-me que eu penso assim porque sou bom. Oh! O senhor deve estar com fome.
— Nos estamos com fome. Atalhou o Roberto.

Dona Maria Emilia foi providênciar o jantar para o seu esposo que estava começando enrrugar-se e as cans estava invadindo os cabêlos negros e ondulados.

Renato reclinou-se no divan e fechou os olhos. De vez em quando pronunciava baixinho:
— A preliminar da minha existência foi a dessilusão que

segue-me, igual uma sombra. Sou um castelo em ruinas que os aliçerces fendeu-se.

Depôis do jantar seu pae convidou-lhe para jogar dados. Ele mordeu os labios.

— Sabe papae eu sinto não pouder distrair-te jogando, porque estou intranquilo e confuso. Atualmente encontro dificuldades até para andar nas ruas. Eu estudei e reconheço que sou um homem inutil no mundo. Tem hora que eu tenho vontade de viver no dezerto.

Começou passear de um lado para outro. Sua mâe que observava-o aconsêlhou-o ir dêitar-se.

— Eu não estou com sono. Mas vou para o meu quarto.

Roberto seguiu-lhe com o olhar. Deu um longo suspiro e foi deitar-se.

Dona Maria Emilia ficou sentada olhando o pendulo do relogio mover-se em cadência e adimirada do seu filho não perguntar pela esposa. E o seu esposo nunca conversou com a nora. Ela deve sentir-se inhospita aqui. Ela é igual uma visita que vêio para uns dias e está aborreçendo-se. Ela fechou as portas e as janelas e foi dêitar-se.

O seu esposo estava acordado fumando. Quando ela dêitou-se ele parou de fumar. Colocou o cigarro no cinzêiro e agêitou-se no travesseiro. Deu um longo suspiro e disse com voz emôcionada:

— Eu não idealisei a vida assim. Quem vê o filho sofrendo sofre tambem. Eu não fui contribuidôr na sua felicidade.

Dona Maria Emilia começou chorar porque a indiferença e as indirétas do seu esposo feria-lhe igual um dardo. E se ele abandonar-me? O que farei de minha vida? Vou ficar ocilando sem encontrar direção para seguir. Compreendeu que amava-o. E deu-lhe um amplexo, preferindo-o nos seus braços. Roberto assustou-se porque nunca havia recebido uma caricia impétuosa de sua esposa. E já fazia vinte e quatro anos que estavam casados. Sentiu o seu halito quente na sua orelha.

— Meu velho! Eu não queria a nossa vida assim. Tenho a

impressão que tudo que eu faço pensando que está direito, está errado. Eu reconheço tardiamente que a mâe não pode ser intermédiaria nas predileções dos filhos. Quando eu penso que arruinei-lhe fico com remorso.

Roberto alisou-lhe os cabêlos e deu-lhe um amplexo.

Quando o dia despontou-se e Dona Maria Emilia levantou-se encontrou o seu filho telefonando. Parou para ouvir pensando que ele estava falando com a esposa.

Ficou petrificada quando ouviu ele pronunciar:

— Obrigado titia. E eu, pensei nela toda a nôite Quando ela despertar-se diz-lhe para telefonar-me para mim, ela é uma estrela que eu tenho que viver contemplando-a para suportar a existencia insipida que levo. Até logo titia.

Dona Maria Emilia penetrou na sala e perguntou-lhe:

— Estava falando com a Marina?

— A senhora ouviu. Não tolero o fingimento porque eu não sei fingir. Dêsde de hontem que eu não vêjo a Marina. E a sua ausência benéficia-me. Eu não queria esta mulher na minha vida. Foi a senhora quem deu-ma. Quando um homem tem duas mulheres uma nos braços e outra na mente gravada, cunhada na nossa existencia ela é quem predomina sempre. Marina está nos meus braços.

— Estes amores com raizes são caprichos das mentalidades fracas.

— Eu reconheço que sou fraco. E a senhora sendo mais velha do que eu, porque as mâes são mais velhas do que os filhos tem mais experiências predominou-se. Eu sou uma haste que queria galgar, e a senhora podou-me. Eu perdi a força e estacionei. Não tenho mais possibilidade para dessinvolver-me. Todos nós temos ideaes que pretendemos realiza-los. Eu queria uma casa confortavel, e varios filhos. Acho maravilhoso a dessordem no lar. O despertar aos sobressaltos com o choro dos reçem-nascidos. Os primeiros passos. Os brinquêdos que somos obrigados a comprar as bonecas. As bolas. As reclamações dos visinhos.

— O seu filho quebrou a minha vidraça.

— Eu pago! Eu pago! O senhor diz quanto é. A idade escolar. Condusi-los a escola. A vida agitada dos paes para não dêixar faltar o pão de cada dia no lar. Se a mulher que a senhora deu-me, desse-me filhos, quem sabe se eu... podia ama-la.

Ele parou de falar e deu um suspiro, e foi para o banheiro abluir-se.

Dona Maria Emilia ficou olhando ele andar. Um andar dessiquilibrado demostrando anormalidade. Ela abriu as janelas e os raios solares penetraram-se na sala. O sol ia galgando o espaço. As avês vagavam n'amplidão entôando seus trinados e gorgêios. Ela debruçou-se no pêitoril da janela e olhou para o solo e viu uma quantidade enorme de papeis picadinhos na grama do jardim.

— Oh! Meu Deus! Compreendeu que ele passou a nôite acordado.

E as palavras do médico ecôaram-se na sua mente.

— Sabe Dona Maria Emilia, ele sofreu um habalo mental tremendo. Ele, ja podia ser aprovado. Mas, nós temos reçêio de diploma-lo. Ele, é neurotico ia tão bem nos estudos depôis, foi côartando os interesses.

Ela saiu correndo pro quintal e pegou um balde. Catava os papeis e colocava-os no balde para o seu esposo não perçeber. E as lagrimas ia caindo nos papeis. A brisa começou perpassar suavemente e ela, não perçebeu. Estava transpirando. Suas ideias estavam confusas e esparsas igual aqueles papeis.

Surgiu um vento impétuôso espalhou os papeis e ela dissistiu. Quando ergueu-se e olhou na direção da janela viu o seu esposo observando-a e chamou-lhe.

— Maria Emilia! Vem préparar o café! Porque eu quero ir me embora.

Ele, compreendeu que o seu filho havia picado papeis toda nôite. Reconheçeu que ele ia piorar porque o seu mal era insolucionavel. E este mal... chamava-se, Rosa. Sentou-se na poltrona e começou pensar na desdita que atingia o seu filho. Côitado. Ele, não gosou nada na vida. Sua existência foi atri-

bulada, palmilhada de abrôlhos e amarume. Era tolhido quando manifestava algo. Como se estivesse num absistério.
Dona Maria Emilia entrou na sala. Seu olhar perpassou-se. Vendo o seu esposo sentado aproximou-se e disse-lhe:
— Você compreendeu?
— Se compreendi. Depôis que casei-me com você percibi, que você não ia porpocionar-me um fim de vida gaudiôso.
— Onde está ele?
— Foi tomar banho.
— Quantas horas faz que ele está no banheiro?
— Meu Deus! Eu não observei isto!
Ela correu, ia bater na porta quando ele abrindo-a surgiu escanhôado e disse-lhe:
— Eu vou ver a Rosa. E quero apresentar um aspéto de felicidade. Vou levar a titia ao theatro. Eu gosto de deambular com ela. Percibi que a gente so é feliz ao lado de quem gostamos.
Dona Maria Emilia abriu tanto os olhos que ele perguntou-lhe se havia dito alguma tolhiçe?
É que as palavras de Renato ia agravando mais a situação. Seu lar, e sua vida, estava desajustado. Observou que ele estava emagreçendo — Disse-lhe:
— A sua visita com assiduidade na casa de tua tia pode deturpar a harmonia do casal que estão iniciando a vida agora.
— Daqui uns dias a Rosa vae ser mâe. E eu não estou fazendo nada. Se ela necessitar de soccorros rapidos, posso soccorrê-la. Porque o Joel, não pode ficar de plantâo em casa para providênciar os cuidados que o parto requer.
— Ele pode ficar com ciumes. E um homem enciumado embruteçe e as decisôes dos brutos, são trágicas.
— A senhora quer dizer que ele pode matar-me?
— É isto mêsmo!
Ele deu um longo suspiro e disse-lhe com voz entrecortada pela magua que ia avulumando dentro do seu pêito:
— Seria um favôr que ele prestava-me, porque matando o meu côrpo, merecia até, menção honrosa, porque o meu Espi-

rito, já não existe. O que adianta um homem viver no mundo, sem ideal?
Ele olhou o relógio, e foi para o seu quarto.
Dona Maria Emilia correu e abraçou o seu esposo suplicando-o:
— Não me dêixe sosinha com ele. Eu tenho a ímpressão que ele está délirando. Eu não sêi o que dêvo fazer. E quando a Marina voltar e vê-lo assim? Meu Deus! Se ela pudesse ficar sempre por lá!
A campanhinha tilintou-se ela foi atender dizendo:
— Sêja o que Deus quizer!
Marina entrou-se com um bouquê de rosas, sorrindo.
— Bom-dia!
Sua sogra foi a unica a responder. Marina extranhou vendo o seu sogro em casa. Disse:
— Eu, vou dividir estas rosas com a senhora. Gosto de flores no meu quarto. Adoro so as naturaes, por causa do perfume.
O seu olhar percorria o recinto quando o seu esposo penétrou-se na sala. Fingiu não vê-la e saiu.
Marina dêixou as flores cair no assôalho e começou chorar.
— Oh! Meu Deus, ele, nem siquer olhou-me. Que desgraça na minha vida. Quando a homem não gosta de uma mulher abandona-a. O homem, não sabe fingir.
— Sabe sim Dona Marina!
Ela assustou-se porque foi a primeira vez que seu sogro dirigiu-lhe a palavra.
— Oh! Exclamou, habismada.
Dona Maria Emilia tomou uma ressulução convidando-os para tomar café e foi ligar o radio. O som de uma valsa alegrou o ambiente. Olhou a sua nora que estava com a cabêça curvada fitando o solo. Disse-lhe:
— É melhor você não ausentar-se porque eu senti saudades de você!
— A senhora?...
Ela fingiu não compreender a ironia de Marina. Prosseguio:

107

— E a sua mâe como vae?
— Triste, porque me viu triste. Adimirou-se do Renato não ir procurar-me, nem telefonou-me. Ele foi na casa de mamâe so no dia que nos casamos. E a senhora dizia que ele falava em mim, todos instantes. Que eu era o seu alvo na vida. E eu acreditei e casei-me com ele. Mas, ele não me pidiu-me em casamento. Pareçe que fomos sugestionados. Dizem que é mau préssagio chorar, antes dos dez anos de casada. Deu um suspiro tristonho. A mamâe nunca chorou! Mas a sorte de mâe e filha, não coincide. Oh! Renato! Eu gosto muito deles e sinto o meu desprêso retransir. Como é horrivel ver os desejos refluir. Como o homem sabe refertar!
— Não é so o homem Dona Marina. Existe tantas mulheres ingratas.
Ele foi tomar café e depôis foi para o seu quarto. Estava dessorientado igual um navio sem direção.
Dona Maria Emilia dêixou o radio ligado o dia todo numa estação. Mas naquela casa ninguem pensava na musica. Marina estava apenas triste com a friêsa de Renato.
Dona Maria Emilia e o seu esposo préocupados com o seu filho que era um candidato a loucura.
Ele não gosta da Marina. E se ele mata-la quando ela estiver dormindo. E se eu pedir-lhe para não dormir ao seu lado ela ha de querer saber porque. E eu, não quero relatar-lhe. E se aconteçer algo com a Marina eu serei a culpada perante a lêi porque o diretôr da Escola avisou-me. E perante a lêi, quem é avisado, sabe.
E pediu a-Deus para o seu filho dormir na casa do seu sogro.
Ela apanhou as flores que estavam no assôalho e colocou as nos vasos. Detanto pensar estava perdendo o sono.
Na minha familia não ha casos de loucura. Na hora do almoço Marina apareçeu ricamente trajada que até a sua sogra adimirou-a. Deu graças a Deus quando ela saiu. A Marina era um esbulho na sua vida. Se fosse possivel desfazer-se de tudo que nos incomoda!... Ela pensava horas, e horas e não encontrava

soluções para eliminar os aborrecimentos que rodeava-lhe igual visitas, dessagradaveis.

O que lhe préocupava era a Marina. O seu dote era fabulôso. E ela podia pidir anulação do seu casamento aludindo insânidade no esposo. E o doente mental é temido. Renato chegou alegre. Contou-lhe que foi passear com a titia e o vôvô. E os ares do prado reconfortou-lhe a mente:

— Nos vamos organisar um pic-nic. Quero rever o lugar onde eu e a Rosa ficamos nôivos. É o unico dia que não consigo olvida--lo. A titia vae fazer doçes e convidou o papae para acompanhar nos. O senhor vae papae?

— Vou!

— Ótimo, gosto do senhor porque concorda comigo. Não debate minhas ressuluçôes. Hoje eu passei um dia agradavel ouvindo a Rosa tocar piano. Ela está aprendendo. Era o seu sonho de solteira. Agora o Joel deu-lhe o piano. Eu é quem pretendia dar-lhe. Sua musica não é confusa é esclarecida com ritimo. O sonho de pobre engatinha longos anos para depôis realisa-lo. So o meu sonho é que não tem solução. Onde está a Marina?

— Saiu. Passou o dia fora. Respondeu-lhe sua mãe. Ela e o seu esposo entreolharam-se.

A campanhinha tilintou-se. Ele foi abrir a porta.

Assim que Marina abriu a porta ele abraçou-lhe.

Ela, nunca foi recibida assim assustou-se. Dêpois sorriu. Ela, relatou-lhe que passou o dia cobrando os alugueis das casas de sua mâe e pagando os impôstos.

— O que canca-me, é ter que suportar as formalidades que os homens adotaram. Os que revoltam-se, recebe o castigo. A multa.

Renato achou graça e sorriu. Ela aludiu cansaço e foi deitar se. Renato acompanhou-lhe. E o silêncio abaixou-se, naquela residência. Quem não dormiu foi so a Dona Maria Emilia com recêio do Renato ter um disturbio mental e a Marina perceber e abandona-lo.

Quem está no lêito adormeçe e ela adormeçeu-se.

Marina despertou contente. Vendo o seu esposo ligando o radio aproximou-se, por detras, e deu-lhe um abraço dizendo-lhe:

— Adivinha quem é que está abracando-te. É uma pessôa que te quer muito bem?

Ele respondeu-a rapidamente:

— Rosa!

— Oh! Renato! Você dêixa-me constrangida e triste!

Ele açendeu um cigarro e pôis na boca. Olhando-a nos olhos disse-lhe:

— Tem pessôas que não acata a sinçeridade!

— Sabe Renato, eu quero ir para a casa de mamãe. Ela é sosinha e ninguem pode viver sosinho nêste mundo. Ainda mais quando resside nas grandes cidades. A tua mâe tem o teu pae. E você será o homem la de casa.

Ele coçou a cabêça e começou andar de um lado para outro. Parou subitamente falou sem olhar lhe:

— A unica casa que eu desêjava ressidir é a casa da titia.

— Eu sêi! Porque lá está a sua Deusa! Lá está a sua Rosa! Pôis bem. Eu vou-me embora! Eu não suporto tuas maneiras para comigo. Eu vou voltar para a casa de mamãe.

Dona Maria Emilia acabava de entrar na sala e vendo-os discutindo interfiriu-se:

— Meus Deus! Eu, tenho pavôr dos casaes que insultam-se. Vocês estão imitando os burguêses. A linguagem de êlementar com êlementar é suave. O que ha entre vocês?

— Ela quer ressidir com a minha sogra. E eu não gosto de transférir me.

— Se fósse para a casa da Rosa voce ia avôando.

— É ciumes?

— E se fosse? É que eu já percibi que nós não vamos chegar juntos ao fim da vida. Você pareçe que tem nôjo de mim.

O senhor Roberto apareçeu na sala estava de pijama. O seu olhar cançado perpassou em cada um. Renato foi para o seu quarto. Marina acompanhou-lhe e fechou a porta.

Dona Maria Emilia recêiava uma tragédia e achou que Deus estava do seu lado. Não ia opôr-se. Estava contente com a resulução de Marina. Mudar-se para a casa de sua mâe. E assim os dias fôram passando. Renato ia todos os dias visitar a prima. Uma tarde a campanhinha tilintou-se. Dona Maria Emilia foi atender. Era o Joel. Estava sem escanhôar-se. Pelo seu aspéto, ela notou que havia qualquer coisa no ar prestes a dessabar. Ela já estava aborreçendo de tantas confusôes. Impedindo o casamento de Renato com a Rosa ela criou para si, um ambiente de agitaçôes.

— Entra Dr. Joel!

Ao pronunciar dr. Joel pensou: que ela pretendeu pronunciar, dr. Renato. Não estava ressentida com ninguém. Porque reconhecia que foi o seu orgulho o inicio do seu calvario. Cometeu o êrro dos novos ricos, porque ela, era de orige humilde. Queria reatar as amisades com a familia do seu esposo mas, não sabia como iniciar. Será que eles guardam rancôr.

E se guardar... é um rancôr justo.

Indicou-lhe a cadêira. Ele sentou-se. Estava tâo perturbado que esqueçeu-se de tirar o chapeu da cabêça.

— Como vae dr Joel de Castro?

Ele ergueu as sombrancêlhas e levou a mão a cabêça. Foi assim que perçebeu que estava com o chapeu.

— Mais ou ménos! Eu estou com muita pressa. Tenho que ver uns doentes. Vim aqui para pedir-lhe favôr. A senhora está com a mentalidade normal e vae compreender que eu tenho razão. Não fica bem, as visitas diarias de Renato na minha ausência. Ele, casou-se com outra pretériu a Rosa e agora arrependeu-se. Queria a Marina porque é rica e a Rosa porque a ama. Ele disse-me que não se conforma de não ser o dono da Rosa. E o que ele pretende fazer eu não sêi. Mas, ele pode eliminá-la e eliminar se. Ele não mais rehabilita-se porque sofre neurópira. E esta enfermidade dêixa o paciente, quando ele consegue o que almêja. Eu vou esperar a Rosa delivrar-se vou mudar-me para o interior. Aqui eu estou bem. Tenho muitos clientes e o que arrecado, da para custear minhas despêsas e guardar uma parcela para os imprevistos. Mas percibi que não mais poderei viver na capital. Eu era fleumático. Atualmente não consigo nem dormir. E um médico também precisa repousar. Porque tenho grandes responsabilidades. Se ele tivesse lucido agia de outra forma.

Ele levantou-se e saiu.

Dona Maria Emilia levou as mâos a cabêça. Não sabia o que dizer ao seu filho porque ele não podia ser contrariado. Podia ficar furiôso de um momento para outro.

Ela foi preparar a mêsa para o café e o seu olhar pousou no relogio. Era trêis da tarde. Suas ideias bailavam no cerebro. Tinha a impressão que reçebeu uma punhalada no coração.

Porque não podia realisar os desêjos de seu filho. Marina saiu do quarto tão chic que podia compétir com uma princêsa.

Convidada para tomar o café recusou-se e saiu de carro.

Roberto sentou-se na mêsa. Tomou so café.

Ela insistia com ele para comêr bolo. Perçebeu que uma dona [de] casa precisa ser agradavel e não pressionar demasiadamente os que vive ao seu lado para que todos sêjam felizes. Sua vida era igual um vidro quebrado sem possibilidade de recompôr-se. Olhava o seu esposo que não ritira os cigarros da boca.

Ele, falou-lhe sem olhar-lhe o rôsto:

— Eu não posso ficar em casa. Você que está habituada a tomar todas decisões da um gêito de arranjar uma enfemêira para ficar aqui de plantão. Ele não precisa saber o que é que, ela está fazendo aqui.

— É toliçe Roberto. O médico e a enfermêira, tem seus modos de falar ele vae descobrir.

— E, quando souber que ele não [vae] exerçer a profissão de Esculápio.

— Porque você não relata-a? Ela terá que saber um dia. É melhor saber por voçê, do que por outro. A fatalidade quando vem não seléciona. É imparcial.

— Amanhâ vou dizer-lhe tudo.

Renato saiu do quarto tomou café e saiu.
Seu pae acompanhou-lhe com o olhar. Ele, assim não pode continuar. Não vae concluir os estudos. Não pode trabalhar.
— O que é que vamos fazer com ele?
— Ai, ai!
Foi um suspiro triste a resposta de Dona Maria Emilia. Com o seu filho ausente ou presente, ela estava sempre impaciente. Não tinha mais iniciativa para nada.
Seu olhar a cada instante ia na direção do relógio. Será que ele foi ver a Rosa? O Joel já está aborreçendo com as suas visitas diarias.
O que ela podia ocultar-se do seu esposo, ocultava. Não relatou-lhe as quêixas de Joel. Agora é que ela estava achando horrivel, a condição de mâe.
Ela pensava que o filho era igual uma massa que podemos moldar-lhe do gêito que desêjamos. E enganou-se. E que engano, fatal!
Roberto desligou o radio aludindo que estava com dôr de cabêça. Quando as vidas estão dessorganisadas, a musica não suavisa. Sentou-se na poltrona e pegou um jornal para ler. Renato entrou bruscamente até sua mâe assustou-se. Foi dizendo-lhe:
— Sabe mamâe! A Rosa foi para o hospital. E não disseram-me onde é que ela está. A titia não permitiu-me entrar. Eu sou sensível. E juro não mais repôr lá os meus pés. Era o unico lugar que eu gostava de ir. Eu gosto de ir so a onde eu simpatiso.
Dona Maria Emilia perçebeu que foi por ordem do Joel que ele foi enxotado. Ele é o genro de escool médico.
Tem que ser acatado. E considerado. E o seu Renato, não era nada na vida. O destino era um advogado, demandando contra ela a favôr de Helena. Ela, que não visava nada na vida tinha um lar feliz. E ela foi ambiciosa, egoista tinha um lar confuso.
Renato ficou furiôso, andando de um lado para outro. Esfregando as mâos. Quando a Marina chegou encontrou ele andan-

do de um lado para outro com os olhos fixos no solo. Falando consigo mêsmo. Seu sogro e sua sogra estavam expantados. Com os olhos demasiadamente abertos. Renato dizia:

— Não pode ser! Não pode ser! Tudo que eu idealiso falha. É porisso que eu estou odiando a minha existência.

Dona Maria Emilia levantou-se e encostou a cadêira na mêsa e aproximou-se carinhosa.

— Meu filho! Fala... O que é que você pretende? Fala que a mamâe auxilia-te.

Ele parou de andar. Cruzou os braços no pêito e olhou-a no rôsto. E deu uma risada estentorea.

— A senhora! Auxiliar-me? Não crêio! A senhora esteve sempre contra mim. Dizem que os filhos podem relatar seus desêjos as mâes. Mas eu, tenho mais confiança no papae.

— Então fala para o teu pae o que é que você pretende?

— Eu quero roubar a Rosa!

— Oh! Exclamou Marina empalideçendo e levou as mâos ao rôsto.

Roberto ficou perplexo. Não sabia que atitude tomar. E compreendeu que não podia contrariá-lo.

Renato falava: que um homem havia explicado-lhe que quando os paes impedem os filhos casar-se com a mulher que ele desêja que o filho deve fugir com ela.

— Disse-me que eu sou um tolo. Que o homem precisa ser intrépido dicidido. A mamâe não dêixou-me aprender viver no mundo.

Os olhos de Dona Maria Emilia não paravam. Olhava o seu filho e a sua nora.

Deu graças a Deus quando ele ritirou-se para a cosinha.

Seu olhar voltou-se para o rôsto de Marina. Aquele silêncio enervava-a. Resolveu dizer algo:

— Ele ha de ficar bom se Deus quizer.

— Não alimento esta ilusão. Dona Maria Emilia. Eu, fui falar com o diretôr da Escola de médicina. Queria saber como é que ele porta-se na classe. O diretôr disse-me que afastou-o da escola há varios dias. Quando perçebeu que ele estava com neurópira. E que a senhora já está ao par das condições fisicas do teu filho. A senhora devia ter avisado-me. As esposas precisa estar ao par das condições fisicas do esposo. As coisas as vezes ressolve melhor com dôis do que com trêis e quando o terçêiro é sogra, o favorecido, é sempre o filho. Dizem que as mâes agem inspiradas no amôr materno pretérindo a razão. E se o teu filho, piorasse e exterminase-me?

— É que eu estou tão confusa com as visitas funéstas que procurou-me inésperadamente. Eu queria avisar-te mas, não sabia como iniciar.

Marina deu um longo suspiro e ritirou as luvas das mâos, dêixando nus os seus dêdos afilados com unhas longas coloridas. Eu vou-me embora. Já estou cançada de ouvir o Renato citar todos instantes o nome de Rosa. Com ela ele teria filhos e prazer para viver. E comigo... É horrivel vivermos ao lado de alguem que nos coloca em segundo lugar e tendo nós o direito, ao primeiro lugar. Não! Eu não quero ficar aqui... aqui, ninguem compreende me. Quando eu entro aqui, tenho a impressão que estou num pais onde não consigo habituar-me. Eu estou a-vontade é na casa da mamâe. Quando dêixei a casa da mamâe, tinha a impressão que ia ser feliz. Que ia para o céu porque uma mulher quando casa, espera tudo de um homem. Eu já preparei minhas malas porque esperava por este desfecho a qualquer instante. Estão na garage é so coloca-las no carro. Deturpei a minha vida! E não era isto que eu visava. Vou ficar no mundo sem classe. Não sou viuva não sou solteira. Sou jovem e não vou poder namorar. Porque namorando alguem, ele hade pensar em construir um lar comigo. E não ha possibilidade. O casamento é um ato tão sério que o homem antes de casar-se precisa pensar seriamente.

O senhor Roberto ficou tão comovido vendo e ouvindo a sua nora falar que levantou-se e deu-lhe um abraço.

— Você tem razão! E está certa no que diz. Eu adoro as pessôas sensatas que sabem por os pingos nos iiss. Você vae para a casa de tua mâe e arranja emprego. Você é culta, é formada. E otima pianista.

— Ah! Obrigada pelos êlogios. Sinto-me honrada porque as referências vem do senhor. E eu, que pensava que o senhor detestava-me. Porque nunca disse me algo.

— Eu pertenço a classe dos homens que falam so nas horas opurtunas. — Pôis é. Você vae para a casa de tua mâe e nos vamos internar o Renato numa casa de saúde.

— É melhor. E eu espero o seu restabelecimento. Eu não compreendo como é que ele foi ficar com a febre nervosa. Dizem que é derrivada das contrariedades assiduas. É bom a gente estar ao par porque assim, não contrariamos ninguém. E eu, que estava tâo contente de ser tua esposa. Nem todos desêjos cursam. Há os que iniciam, e feneçem.

Renato apareçeu na sala com os cabêlos revoltos passando as mâos na cabêça como se a sua cabêça lhe incomodasse.

Marina vendo ficou indecisa separando-se ela ia sentir saudades do seu tipo atletico. Disse-lhe:

— Renato, eu vou-me embora para casa de mamãe. Se você sentir saudades de mim, va buscar-me! Que há de encontrar-me, pensando em ti. Faz tempo, que eu quero perguntar-te uma coisa. E ha coisas que temos que esclareçer para tranquilisarmos. Porque foi que você casou-se comigo se não amava-me? E o homem quando não ama uma mulher, é melhor ficar solteiro. Parou de falar espérando as suas respostas.

Ele, pegou uma cadêira e foi sentar-se perto da janela. Seu olhar percorreu o espaço fitando as nuvens que vagavam. Umas nivias igual a neve. Outras côr de cinza que ofuscava o brilho do sol quando transpunha-lhe.

— Ele olhou sua mãe que estava sentada com os cotovêlos apôiado na mêsa e as mãos no rôsto.

Ela ficou preocupada vendo o seu olhar fixo no seu rosto. Tinha a impressão que estava num tribunal.

— Tem coisas que não devemos dizer porque vae maguar. Mas, você interrogou-me. Dêsde criança que eu escolhi a Rosa para ser a minha companheira na vida. A mamâe conheceu-te e gostou de você. Disse-me que você é quem ia ser a minha esposa. No principio eu achei graça pensando que era uma pesquisa nos meus sentimentos amorôso. Quando você passou a nos visitar com assiduidade eu fui antépatisando-me, com você. Eu queria fugir daqui. Ia ressidir com a titia e casar-me com a Rosa. Depôis concluia meus estudos. Mas eu fui tolo. Eu devia esperar a mamâe ausentar-se para ritirar meus obgétos. Ou entao fugir com as roupas que usava. Se eu cassasse com a Rosa a mamâe nunca perdôaria-me. É melhor assim. Ela, vendo-me doente, deve estar contente com a sua obra. Ela dizia-me que você é rica. E que o homem deve casar-se com quem tem dote. Para ela, quem não tem dinheiro não tem valôr. Disse-me, que desherdava-me. Passou a azucrinar-me o cerébro. Estudando médicina eu observei que existe cerébros iguaes a terra. Tem terreno que não suporta muito peso. Se construir um edificio, dessaba-o porque a terra é fofa. E a qualidade da terra infertil. Assim é o meu cerébro. Infertil e não suportou tantos aborrecimentos! Tantas contrariedades vendo o meu ideal tolhido, perdi a simpatia pela vida. E viver sem ideal é preferivel estar môrto.

Renato parou de falar. Como se aquela narrativa lhe extenuasse. Marina ouviu sem interrompê-lo ficou perplexa.

— Sendo assim eu posso partir tranquila sem remorço. Porque não prejudiquei-te em nada. Você não precisa mim na tua vida. Não odêio-te. Quem nos infelicitou foi tua mãe. Eu não gosto do lar onde rêina a incompatibilidade. Sendo assim, eu vou buscar o meu casaco. Unica peça de roupa que eu tenho no guarda roupa.

Dirigiu-se para o quarto.

Roberto e sua esposa ficaram só. Olharam-se. Um olhar frio igual um icimberg.

Tocaram a campanhinha. Roberto foi atender. Era um mensageiro com um quadro. Perguntou:

— É aqui a ressidência do senhor Renato Lopes?

— É sim senhor.
— Ele está?
— Está.
— Eu quero entregar-lhe este quadro.
— Pode entregar-me: eu sou teu pae!
— Ele disse-me para não entregar a ninguem a não ser ele propio. Ele foi tão correto que queremos obdecê-lo. Ele dêixou bôas impressôes na firma. Que bom seria o mundo se todas pessôas, fossem, corrétas.

Aquelas referências ao seu filho reanimou o seu pae já tão atribulado pelos aborrecimentos que habatera sobre o seu lar.
— Eu vou avisa-lo.
Avisou-o que um mensageiro estava esperando-o.
Ele foi até a porta. Reçebeu o quadro agradeçeu-lhe, fechou a porta e voltou dessimbrulhando-o. Entrou na sala e foi sentar-se na mêsma cadêira perto da janela. Acabou de dessimbrulhar o quadro e exclamou:
— Como ela está linda! Vêja papae!
Roberto aproximou-se.
— Oh! O que vêjo! É o retrato de Rosa!
— Veja mamâe!
Marina entrava na sala vestida com o casaco. E os seus olhos so procurava o seu esposo. Vendo ele contemplando o retrato de Rosa ficou com ciumes e inveja ao mêsmo tempo.
— Vem ver Marina o retrato de Rosa. Ela é candida, gentil e bôa. Oh! adôrada Rosa!
Marina olhava o retrato. Disse:
— Como invejo-te Rosa! Ela havia de ser muito feliz. Porque o homem quando ama com ardôr sacrifica-se até a propia vida para porpocionar conforto a mulher amada. E a mulher quando perçebe que o homem ama-a, não deve deçepciona-lo. Eu formei, bem formado o meu carater para ser uma esposa modelo mas, não tive sorte! Eu vou-me embora ressentida com a Dona Maria Emilia porque ela não devia obrigar-te a casar-se comigo. A mamâe ha de querer saber o que ouve. Ha de pensar que

o Renato enxotou-me. Ha de duvidar da minha conduta. Ha de desconsiderar-me. Tem momentos que a nossa vida fica tão confusa que não sabemos o que fazer com ela. Transforma-se, em inutilidade.

Sentou-se e começou chorar e soluçar. Sentiu um calôr incomodo a percorrer-lhe o corpo. Tinha a impressão de estar num esquife sepultada com vida.

— Quando uma mulher casar-se, não pensa nas confusôes: pensa num lar onde o imperadôr, é o amôr. Meu Deus! Meu Deus! Dae-me forças e orientação. Porque, quando um pae casa a sua filha, não gosta de recebê-la de volta.

Roberto adimirava o Espirito lucido de sua nora e se o Renato não fose tão obssecado pela Rosa havia possibilidade de serem felizes.

Ela deu um longo suspiro e comentou com amargura:
— Não é o dinheiro, que porpociona felicidade. No meu caso, ele arruinou-me.

Renato levantou bruscamente. Condusindo o retrato de Rosa disse:
— Eu, vou coloca-lo nos pés de minha cama. Quando eu despertar-me a primeira coisa que hei de contemplar será o seu retrato.

Dirigiu-se para o seu quarto. Marina observou seu andar dessiquilibrado. Ia saindo quando ouviu a voz do seu sogro pedindo-lhe para espera-lo que ele ia acompanha-la até a ressidência de sua mãe.
— Vou explica a tua mãe o motivo porque você retorna ao seu lar. Ha certas ocasiôes em nossas vidas, que precisamos das interferências de outros. E ela não ha de duvidar-se de sua Moral.
— Oh! Sendo assim... agradeço-te.

Ele dessapareçeu pela porta aberta e voltou vestindo o palitol. Disse-lhe amavelmente:
— Vamos minha filha! Agora que eu estava começando adimirar-te, você vae embora pareçe que estamos sendo persegui-

do por um signo funésto que nos porpociona so aborrecimentos. Ela saiu sem despedir-se de sua sogra.

Dona Maria Emilia reçebeu a indiferenca de Marina como a maior bofetada do hemisfério. Ela ficou sozinha pensando que a sua vida era um edificio dessabando aos pouco. Será que estou sendo castigada... porque? Eu desêjava so a felicidade do meu filho. Tinha reçêio d'ele transviar-se. Como é horrivel ver o que idealisamos resvalar-se igual uma pedra num declive. Já que não consegui ver os meus sonhos flôrir. Nunca mais, hei de almêjar algo na vida. Será que pequei ambicionando ve-lo pecunioso? Igual os faráós do Egíto? Pobre Marina. Condusiu-se na vida com tanta dignidade. Era feliz pensando que o Renato ia ser doutôr. Assim é a vida com seus declives. Abriu a boca estava com sono. Olhou o relogio era sêis e mêia. Dirigiu o seu olhar na direcão da janela. Já estava escuro. Não viu o dia findar, e nem a nôite, despontar-se.

Foi percorrer a casa para fechar as janelas. Estava anciosa aguardando o retorno do seu esposo para saber o que disse a mâe de Marina.

Foi preparar a mêsa para o jantar e viu Renato teléfonando. Parou atrás da porta para ouvir. Assim que atenderam ele pidiu para falar com o senhor Pedro Lopes.

— Oh! Vôvô como vae?

— Vou bem, gracas a Deus!

— Fico contente vôvô de saber que o senhor vae indo bem! Se todos habitantes terrestre pudesse dizer o mêsmo, a vida seria um paraízo. E eu... vou ser um dos que nunca hei de pronunciar esta palavra: Vou bem! E a Rosa foi feliz no parto?

— Foi. Tem duas crianças.

— Duas crianças? Oh! Como eu gostaria de vê-las. Os dôis são do mêsmo sexo?

— Casal.

— Ela está passando bem?

— Está.

— Então vôvô ai vae os meus parabens pelos dôis bisnétos.

Espero que eles sejam sementes preciosas. Porque o senhor disse me que na sua genéalogia não tem ovêlhas negras. So eu, é que não posso ofereçêr-te bisnétos. Com a Rosa tem-se tudo que se quer. As crianças são normaes?
— São.
— Obrigado vôvô.
Desligou o telefone e foi sentar se numa cadêira pensativo. Quando o seu pae chegou sua mâe convidou-o para jantar.
— Obrigado mamâe. Estou sem fome. Hoje é o dia mais hediondo para mim. Que vida meu Deus! Que vida. Tudo que eu procuro neste mundo, não encontro. Sabe papae, a Rosa teve parto duplo. É um casal. Agora quando eles sair, a Rosa leva um, e o Joel levará o outro. É horrivel preparar algo para a gente, e outro, tomar posse. O seu olhar girou-se pela sala e ele levantou-se e pegou um jornal. Abriu-o olhando-o nos quatro cantos.
Depôis dobrou-o e começou pica-lo aos pedacinhos.
Roberto que observava-o disse-lhe:
— Meu filho! Você agindo assim da a impressão que está ficando louco. Você é um intelectual.
— Obrigado papae, mas não queria enalteçer-me, êlevar-me. Eu hei de ser sempre igual a herva rastêira, que é a ultima ha reçeber o calôr do sol.
— O senhor perguntou-me porque é que eu pico papeis em pedacinhos! O meu desêjo era picar tudo que eu vêjo. Os moveis, os carros que circulam, até o céu, e o sol. Mas, não é possivel, então eu pico os papeis porque é fragil. O papel inteiro representa o sonho que idealisei, e foi médiando-o e ele picadinho, é o meu sonho disfêito.
Ele saiu bruscamente e foi para o seu quarto.
Roberto e Dona Maria Emilia fôram jantar-se. Sentaram vis-a-vis.
Os lugares que perteçêram a Marina e o Renato estavam vagos e dava a impressão que a mêsa havia duplicado.
— O quê disse a Dona Celeste?
— Exigiu pensão para a filha. E eu é quem vou pagar. Porque

o nosso filho, não vae trabalhar. Está debilitado. Ela vae procurar a lêi. E o meu ordenado não vae dar para mantermos e dar pensão a Marina. Você querendo uma nora rica arranjou foi complicações para mim! O que eu sei é que a nossa vida ocila. E eu esforco-me para equilibra-la e não consigo.

Dona Maria Emilia parou de comêr. O apetite dessapareçeu com a rapidês de um relampago. Tinha a impressão que estava reçebendo todos os dias uma remessa de tristêsa que estava avulumando-se.

— Eu posso trabalhar. Porque precisamos pagar a casa de saude para o Renato!

Roberto olhou-a minuciosamente como se estivesse olhando-a pela primeira vez.

— Você vae trabalhar em quê? Você não tem profissão não sabe fazer nada. Não está habituada viver pelos ponteiros do relógio. Não sabe observar horario. Você tinha uma ideia fixa. Casar o teu filho com môça rica para melhorar a nossa vida. E procurou uma coberta comica. Ja faz dias que não vou trabalhar. Você vae ver se consegue hospital para ele.

Roberto saiu da mêsa de mau humôr pensando onde arranjar dinheiro para ressolver tantos problemas.

Quando o senhor Roberto chegou na ex-ressidência de Marina que ia ser novamente sua atual moradia, foi bem reçebido pela anfitriã. Ela estava alegre e ele ficou condoido por ter que relatar-lhe algo dessagradavel. Ouvindo a suas palavras sensatas ia alojando-se no seu cerébro e agindo igual um calmante. A casa era tão bonita no interior com seus moveis antigos e as cortinas de cores vistosas. Pensou, se tivessemos mais intimidade com este lar a nossa vida havia de ser diferente. Aqui, não êxiste egoismo.

Marina que estava sentada começou chorar.

Dona Celeste perguntou-lhe o que havia?

Enquanto Marina ia soluçando sua mâe ia dizendo: que não é aprovavel certas uniôes matrimoniaes. Não aprovava o extertôr da incompatibilidade. O senhor Roberto fez varios pream-

bulos mas por fim dicidiu relatar as condiçôes fisicas do seu filho.
    Ela ouviu minuciosamente. Olhou sua filha e exclamou suspirando:
    — Pobre Marina! A vida é assim mêsmo. Preméditamos andar na linha reta, e por interferência do destino peregrinamos pela linha curva. Para mim, um lar que se desfaz é igual uma casa que desaba. E ela não podia ficar ressidindo com o senhor até o seu filho restabeleçer?
    — A enférmidade do meu filho é mais provavel estacionar duplicar-se do que curar-se. É enférmidade sensivel.
    Ele teve que concordar-se com a pensão já que o Renato é rico.
    — Rico o meu filho! Quem me dera! Temos com que viver sem sacrificarmos muito.
    Ele deu graças a Deus quando dêixou aquela casa.
    Ia triste pensando na sua vida que havia fendido como se tivésse sido atingida por um raio.
    Ele seria um feliz se a sua esposa concordasse com ele. Um casal forma-se par. E este par so será feliz se méditar profundamente nos empreendimentos. Mas empreendimentos que nos beneficie. Revendo o seu passado pensava: Eu fui benéficiado em quê. Que recompensa tive na vida? O homem tem que ser livre. Dono de suas ações. Não permitir a interferência de sua esposa em certas coisas.
    Assustou-se quando ouviu o motorista bradar:
    — Está dormindo louco!
    É que ele ia andando pela rua. Subiu na calçada pensando na palavra do motorista: Louco!
    Na sua genéologia não existia louco. E há quem diz ser heréditaria a loucura. Olhou os degraus de sua casa e abriu o portão. Dona Maria Emilia estava tão dessorientada. Como se estivesse perdida neste mundo sem saber que direção devia tomar.
    A criada perguntou-lhe se estavam doentes porque não comiam nada. E se ela estava cosinhando mal?
    Dona Maria Emilia tranquilisou-a que tudo estava bem.

No outro dia ela levantou de madrugada e foi no Juquirí arranjar lugar para o seu filho. Ia pagar mas queria que ele ocupasse uma ala condigna. Em qualquer circunstancia, é horrivel separar-se de um filho. Tinha a impressão que estava extraindo, o seu coração.

Quando chegou ao hospital ela fitou-o longamente. Achando-o tristonho. Vendo tantos infelizes ressignou-se pensando: Estes que aqui estão, são filhos. E as mâes ressignam-se. As esposas, conformam-se. As noivas, perdem as esperanças. Falou com o diretôr. Viu os quartos gradeados.

Todos lugares que há grades eu considero prisão. Alugou um quarto de cento e cinquenta por dia. Prometeu levar o seu filho no outro dia porque o seu esposo precisava trabalhar.

Ela preencheu um cartâo com o seu endereço e as formalidades do hospital e o seu telefone.

Quando chegou em casa leu os itens do hospital. Que se fosse possivel conservar os habitos dos enfermos e dava explicaçôes. Ha os que gostam de rabiscar. Tem a ilusão que são pintores. Ha os que gostam de rabiscar. Tem a impressão que são escritores musicos etc.

Ela ia levar o retrato de Rosa. Porque ele passava o dia fitando-a.

Ela saiu e foi vender umas joias. Comprou malas e arrumou as roupas de camas e na outra as de uso e alguns ternos usadissimos.

Quando o dia despontou-se ela despertou o Renato dizendo-lhe que iam passar o dia fora:

— Oh! que bom! Quem sabe se eu vêjo a Rosa. O dia que eu vêjo-a classifico o dia, de dia de ouro. E quando não há vêjo, é dia de trevas. E de trevas é a minha vida!

De trevas é a nossa vida Renato! Você disse uma lógica.

Concordou sua mâe suspirando. Ele abluiu-se, escanhouo-se pensando que ia encontra-la. Roberto resolveu acompanha-la. Queria ir ver onde é que o seu filho ia ficar.

Não falaram no tragéto.

Renato condusia o retrato de Rosa com cuidado. Como se fosse um talismã. As vezes ele sorria. E o éco era estentoreo e sonoro como se estivesse ouvindo uma jocosidade.

E aquelas gargalhadas dêixava a dona Maria Emilia tão triste que ela, tinha desêjos de eliminar-se. Quando chegaram no manicomio ela teve impetos de bradar mas dominou-se. O porteiro vêio atender-lhe: e ritirar as malas. Ele já estava tâo habituado com aquelas cénas e as lagrimas dos que chegavam que já não contristava-se.

Renato não perguntou-lhe o que iam fazer naquela casa. Não reconheçeu ser aquela casa um hospital. E ele que havia estudado médicina. Ela era a primeira a reconheçer que o seu filho estava piorando.

Entraram e sentaram. O porteiro foi avisar o diretôr que o novo hospede acabava de chegar.

Ela estava haba[la]da. Não ousava fitar o rosto do seu esposo com vergonha. Porque ela deturpou a existência do unico filho que deu-lhe. Teve so um filho. Porque atualmente é moda ter filho unico. Esta decisão de ter unico filho foi tomada por ela que era a impératriz do seu lar. A sala era môbilhada com simplicidade. Uma mêsinha no centro com umas revistas, e as cadeiras ao redor. O seu olhar percorreu a sala e ela ia olhando os quadros com as imagens. Até que viu o da familia sagrada. E o seu olhar ficou fixo.

Ela assustou-se: e o seu cérebro repetia-lhe: familia sagrada. E ela era a familia infeliz! Deu um suspiro ressignada.

O diretor entrou na sala e eles não notaram. Ela estava com os olhos fitos na janela fitando as nuvens que vagavam transformando-o seu aspéto a cada instante.

— Bom-dia!
— Ah!

Por uns momentos ela ficou confusa querendo recordar-se porque é que estavam n'aquela casa.

— Este é o rapaz? Perguntou o diretôr dirigindo-se para o lado de Renato.

Bateu-lhe no hombro comprimentando-lhe.

— Bom-dia Renato!
— Bom-dia.
Respondeu observando o diretor.
— Bonito homem! Se eu pudesse eliminar todas enfermidades que ha no mundo! E tem cada enfermidade rude. Esta é uma delas!
Maria Emilia apresentou o seu esposo. O diretôr apertou-lhe a mão de Roberto que estava fria.
— Ele estava estudando?
— Estava. Estudando médicina.
— Ah! Então eu vou aproveita-lo aqui no hospital. Então ele escolheu a médicina!
— Ele queria ser advogado. Gostava da lêi.
— Então devia estudar advocacia.
— Minha esposa obrigou-lhe a estudar medicina.
— Ah! E o médico pôis a mão no quêixo pensativo. Quer dizer que ele foi sempre desviado do seu ideal?
— Realmente. Nunca brincou com seus brinquêdos preferidos. Pidiu-me uma bicicleta, não dei-lhe porque sua mâe não permitiu-me.
— Eu recêiava um dessastre.
— A senhora contrariando o seu filho preparou-lhe o pior dessastre de sua vida. Enfraqueçendo-lhe a mente.
Uma enfermeira entrou na sala e levou as malas de Renato.
— Ele tinha namorada?
— Ele já é casado.
O diretôr, interrogava. Méditou e depôis anotava num caderno que ja estava escrito na capa o nome de Renato. Explicou-lhes que iam observar-lhe suas reaçôes e habitos.
— Peço aos senhores para não alimentar esperança de retorno. Ha os que vem voltam. E pode interfirir-se na vida social. E o senhor sabe. A sociedade exige mentalidades normaes porque vivem-se colétivamente. E o homem que passa um temporado num manicomio, é reçebido com desconfiança e recêio. E ha, os que sae d'aqui para a campa.

Dona Maria Emilia começou soluçar. Era a primeira vez que o seu esposo via ela chorar.

— Oh! Meu Deus! babuciou! Antes eu tivesse dêixado ele casar se com a Rosa!

Renato deu um pulo da cadêira que até o diretôr assustou-se.

— Oh! Mamâe... então, eu vou casar com a Rosa hein! Que bom! E eu vou concluir os meus estudos. Vou fazer um estagio em Paris. Eu vou avisa-la que a senhora dêixa eu casar com ela. A senhora vae dêixar de humilha-la mamâe? Vamos ser uma familia unida. O vôvô é quem vae ficar contente.

Ele perpassou o olhar ao redor. Vendo o diretôr perguntou-lhe:

— Quem é o senhor? O que estamos fazendo aqui mamâe? Tem hora que eu penso que as minhas ideias estão la nas nuvens saltando igual bolas de borracha quando tem contato com o solo. Eu estou com fome mamâe!

Ele pegou o retrato de Rosa e mostrou ao diretôr dizendo-lhe:

— Olha a minha noiva! Não é bonita? Para mim as mulheres são bonécas que os homens escolhem as suas. E ha bonécas lôiras, pretas amarelas e vermelhas e as derrivadas.

O seu olhar percorreu a sala.

— Onde estou? O que faço aqui? Isto... é, um hospital! É... isto, é um hospital, eu já visitei varios nas caravanas que organisavamos na Escola. E eu queria ser diretôr de um hospital. Porque será que todos tem a sua pretensão nêste mundo? Eu queria ser logo o diretor. Eu já formei-me? Já papae?

Olhando a sua mâe que estava chorando, perguntou-lhe:

— Porque chora mamae? O que ha? Quem chora, são os que tem dó dos outros. Os que tem coração. E a senhora não tem coração! A senhora para chorar... So se um mal gravissimo lhe atingir!

— Quem foi que me disse isto?

— Ah!... foi o vôvô. Ele diz que conhéce a indole das pessôas so no olhar! Sabe papae, o vôvô é quem vae ser o padrinho do meu filho! Eu convidei o vôvô para crismar-me! Ele crismou-me?

O diretôr tocou uma sineta e apareceu um enfermêiro que

convidou o Renato para ir comêr algo porque ele disse que estava com fome.

Ele foi para o intérior do prédio condusindo o retrato de Rosa debaixo do braço. Sua mâe seguia-lhe com o olhar.

— O diretôr sentou-se e apôiou os cotovelos na mêsa e disse-lhes:

— Ritirei o teu filho para podermos fazer o diagnóstico. Quantos anos ele tem?

— Vinte e trêis.

— Formou-se?

— Não.

— Estado civil?

— Casado.

O diretôr méditou um pouco.

— A senhora diz que ele é casado. E ele diz que está noivo. Que confusão existe nisto tudo?

Dona Maria Emilia ficou indecisa perçebeu que relatando a vida de Renato ela confessava seus êrros.

O médico notou o seu embaraço.

— Se a senhora citar-me tudo quem sabe se eu consigo cura-lo e depôis sugestiono que esta temporada que ele esteve doente foi um sonho. Que ele foi sempre forte.

Roberto que apénas ouvia disse-lhe:

— Isto é toliçe doutôr! Porque apareçêra um indiscreto que dirá: Você já foi louco! Não ha possibilidade de ocultar-se algo neste mundo.

— É... o senhor está certo! Concordou o médico menéando a cabeça.

— Ele gostava da prima, e eu convenci-o, a casar-se com outra.

— E qual é o nome de sua esposa.

— Marina.

O medico leu suas anotações.

— Mas, ele não pronunciou o nome de Marina nenhuma vez. Pronunciou duas vezes o nome de Rosa.

— A Rosa é a prima.
— Ah!
E o diretôr escrevia.
— E quem é aquela mulher do retrato?
— É a Rosa. Quando ele mandou reprodusir o retrato de Rosa a Marina ficou com ciumes, e ressolveu voltar para a casa de sua mâe.
O médico continuou escrevendo e disse:
— Tenho a impressão que estou lidando com uma méada de mil pontos. Foi uma pena a senhora vedar-lhe os progétos. Se bem que, não é todos progétos que podemos realisaremos. Mas, quando ha possibilidade, o que realisamos nos porpociona uma alegria imensa. O que nos alegra não nos prejudica. O que nos entristeçe sim. Eis o caso do teu filho! Tristêsas acumuladas que convergiram para a loucura. E a Rosa? Que decisão tomou na sua vida?
— Casou-se.
— Ah! Entâo o caso do teu filho é igual uma maquina que está perfêita mas, falta uma peça. Então a Rosa não era leviana. Porque já encontrou casamento. Ela foi mais forte do que o teu filho, não enlouqueçeu-se.
— O corpo humano minha senhora é fragil. — As mensalidades são pagas por trimestres.
Roberto ficou olhando a sua esposa dar quinze mil cruzeiros para o médico.
Pensou: Em que prêco vae ficar este filho. Tem filho que depôis de adulto aprende ganhar dinheiro e alivia os paes.
Mas, eu não tive sorte. E o homem que vive e não tem sorte no decorrer de sua existência, é um semi-escravo. As desventuras quando nos atinge nos da a impressão que fomos soterrados por uma avalanche. Tem dia que eu fico pensando: Qual foi o dia que tive alegria! So o dia que casei-me.
Sobressaltou-se, quando ouviu a voz sensata do médico.
— O teu filho nasçeu normal. Se não fosse tolhido nos seus desêjos seria um génio, ou um vate. Ele era calmo. Porque se

129

fosse exaltado teria dêixado o lar. A opressão paterna as vezes é prejudicial. A senhora foi lêiga no modo de criar o teu filho. E no entretanto queria que ele fosse médico! Tem certos empreendimentos na vida que fica em pretensôes. E outras concretisa-se.

Ele deu-lhe um cartão com as datas e horarios de visitas.

Quando o diretôr despediu-se e ela vendo que já retornar-se sem o filho chorou!

Era a primeira separação.

Começou recordar-se o dia que ele nasçeu. E ela pidiu a Deus para dar-lhe felicidades.

Ele não ouviu-me. Ou então castigou-me. Hoje sou sensurada por todos. Quando ela ficou de pé tremia tanto que dava a impressão de estar com malêita. Seus dentes parecia castanholas. Roberto ficou agitado. Perçebeu que ela não podia dirigir o carro naquele estado. Seria imprudencia. Ele não sabia guiar.

O diretôr examinou-a.

— Penso que o senhor devera dêixa-la uns dias aqui. Porque ela vae piorar. Ela está habaladissima.

Roberto olhava-a sem interesse. Ela era egoista. E foi castigada pelos seus erros ambiciosos.

E a pior vitima era o seu propio filho. Quando seus olhares cruzaram-se ela, teve a impressão que estava num tribunal sendo julgada por milhôes de juízes. Era o efêito de sua conciência culpada.

— Então o senhor guarda o carro e eu volto pelo expresso. Que dia que eu posso vir busca-la?

— Eu telefono-te!

Roberto dêixou o hospital tâo emôcionado que tinha a impressão de estar num mundo extranho.

Queria raciocinar mas os pensamentos surgia as catadupas.

Quando chegou na sua suntuosa residência perpassou o olhar pela sala e viu os jornaes picados perto da janela onde o seu filho sentava. E a voz de Renato vibrou nos seus ouvidos.

— Estes papeis... Representa os meus sonhos disfêitos.

Aprovêitou enquanto estava sosinho e chorou até ficar cançado e rouco. O seu casamento tinha sido igual um balão quando sobe galgando com impétuosidade e quêimando no fim. Aquele silêncio era horrivel! Pensou o que devia comprar para distrair o seu filho. Jornaes ou revista, ele rasgava sem ler. Musica doia-lhe a cabêça. Pensou tanto e chegou a conclusão que mâe! Foi só a sua mâe. Era terna. Não era ditadora.

O sono surgiu, ele adormeçeu-se. Dona Maria Emilia quando se viu so chorou copiosamente.

Que nôite horrivel. Ouvindo os brados dos enfermos e seus lamentos pensou na Rosa que era feliz e estava enriqueçendo-se dia a dia. A Rosa está do lado do sol e eu estou nas trevas.

— Quem havia de prever que nós iam divergir. Eu estava na hala dos ricos, e ela na hala dos pobres.

Agora trocamos os lugares. Estavamos vis-a-vis. Ela, tinha alegria em abundancia. E eu tristêzas. A Helena, vê sua familia médrar-se e a minha, dissipar-se.

A unica coisa que eu tenho agora é o meu esposo. Preciso conserva-lo ja que não existe amôr entre nós porque o seu olhar revela o seu ódio. É o seu olhar que fere-me. Não é so os homens que expanca as mulheres que são maus. Há varias manêiras de demostrar sua aversão por nós.

Eu estou melhor vou-me embora. Reconheço que em qualquer lugar que eu estiver nunca mais, hei de ser feliz. Ela olhou o relogio. Era duas da manhã. Levantou-se e preparou-se e dirigiu-se para a porta. Estava fechada.

— Tudo aqui, é a chave. A chave num manicomio, tem um valôr incalculavel. Vendo que não podia sair enfureçeu-se e ficou girando pelo quarto. Seu olhar examinava o quarto. Até que descobriu uma campanhinha.

Acionou-a e ficou espérando. Aqueles minutos pareçeu-lhe seculos. Reanimou-se mais um pouco quando ouviu passos e a chave girar-se na fechadura. Ficou alegre. E assim ela descobriu que existe coisinhas insignifi[cantes] que nos porpociona alegria.

131

A porta abriu e a enfermêira apareçeu com seu uniforme azul e perguntou-lhe:
— A senhora chamou-me, o que quer?
— Eu quero ir-me embora!
— Agora?
— Eu tenho carro.
A enfermêira deu um suspiro demostrando o seu enfado. Tem coisas neste mundo que se somos obrigados a suportar por causa da existencia, que é muito despendiosa. E precisamos desfrutar a vida que a Nutureza nos dá.
— O carro da senhora está na garagem. E a chave está com o diretor.
— Ela exaltou-se! Tudo aqui é a chave!
— A enfermêira olhou-a e disse-lhe:
— Minha senhora! O seu carro é do ultimo tipo, é um obgéto de valôr e o diretôr não podia dêixa-lo em qualquer lugar. A senhora vae dêitar-se.
— É que eu não gosto desta cama. Tenho pavôr de dêitar onde outros ja dêitaram-se.
— Então a senhora não poderá viajar. So se carregar uma cama para a senhora. Porque o quarto que a senhora ocupar-se num hotel outros ja deitaram naquela cama. Depôis é tolhiçe ser muito escrupuloso na vida.
— Ah! Eu não vou ficar aqui neste quarto. Tenho pavôr da solidão.
— A senhora vae dêitar-se e o sono surgirá. Precisamos educar nossa mente. Quando não ha nada para termos reçêio, não devemos recêiar. E se um dia a senhora ficar sosinha?
Ela deu um grito que até a enfermêira assustou-se.
Começou chorar e andar de um lado para outro.
— O que foi que eu disse-te que apavôraste assim?
Dona Maria Emilia sentou-se numa cadeira pronunciando o nome de Deus que devia estar presenciando a sua inquietação Espiritual.

A enfermêira estava confusa com aquela céna.
Dona Maria Emilia foi pro lêito pidiu a enfermêira que podia ritirar-se. Deu um longo suspiro.
— A senhora, profetisou o meu futuro! E ele, não vae ser pautavel. Vae ser quebrado.
— A senhora é quem sabe de sua vida O que eu posso dizer--te, é que os nossos atos, e as nossas acôes, que praticamos, uma parcela sempre alója-se, na nossa mente. E a mente culpada é um juiz que nos rouba a tranquilidade. Existe muitas maneiras de nos prejudicarmos. As vezes a nossa vida deixa de ser pautada para ser quebrada por nos mêsmo. Os ambiciosos inlimitados, prejudica a-si e aos outros.
As palavras da enfermêira ia alojando-se no seu cerebro. Eram direta para ela. Será que aquela enfermêira adivinhava o futuro?
Não. É que a mente culpada em tudo vê indireta. A enfermêira olhou o relogio e saiu. Fechou a porta. Das palavras do diretor so uma ficou gravada na sua mente. O seu filho é igual uma maquina que está perfêita mas, falta uma peça. E esta peça é a Rosa! Eu fiz tudo para separar esta mulher do meu filho. Mas ela já estava no seu pensamento. O unico gêito, é ressignar-se.
Porque ha coisas neste mundo que é insolucionavel.
Tenho a impressão que despreendi me do espaço e cai no mundo e ainda não consegui adaptar me. Ou então que estou navegando e não encontro o meu destino. Ela respirou aliviada quando o dia surgiu. E o sol descobriu-se com seus raios cor de ouro absorvendo as gotas de orvalho.
Ritirou o pente da bolsa e agêitou os cabêlos. Estava anciosa para chegar na sua casa e abluir-se porque recêiava condusir--se alguns microbios na pele. Esperou a enfermeira vir abrir a porta para ela sair. Como é horrivel espérar. E ha coisas no decorrer de nossas vidas que temos que esperar.
Quando vistiu suas roupas, notou que havia emagrecido um pouco. Tambem perder um filho!

Quando a enfermêira abriu a porta ela reanimou-se mais um pouco.
— Bom-dia!
— Peço-te desculpar-me por ter impurtunado-te a nôite.
— A enfermêira sorriu.
— Eu já estou habituada. — Estas cénas são bôas dissipa o sono.
Dona Maria Emilia estendeu-lhe as mâos.
— Sendo assim, vamos ser amigas. E a coisa que eu tenho pavôr é de inimisar-me. Eu simpatisei com a senhora. A senhora trabalha so a nôite?
— Só.
— Deve ser horrivel! Como a senhora deve sofrer neste mundo!
— Eu já estou acomodada no mundo. Nunca fui muito pretenciosa porque ha certas pretensôes que nos arruina o Espírito, a vida social, e as finanças. Aprendi a conformar-me com o que consigo e me dou por feliz!
— Acho que vou precisar da senhora.
— Em quê? Perguntou a enfermêira com desconfiança.
— Quero que a senhora olha o meu filho a-nôite.
— Ah! Eu não posso porque sou da hala feminina.
— E se eu dou-te uma gorgêta.
— Nada posso fazer porque a diciplina aqui é rigorosa.
A enfermêira despediu-se e saiu.
Dona Maria Emilia acompanhou-lhe com o olhar. Pensando: Ela, trabalha a-nôite. E se algum dia eu precisar trabalhar a-nôite igual a ela? Eu que vim ao mundo com pretensôes a-ser fidalga vou deslisando. Será que ainda vou ser indigente?
Antes de sair ela examinou o quarto minuciosamente para ver se não ia deixar algo.
Fechou a porta e saiu pelo corredôr olhando tudo que estava ao alcançe dos seus olhos. Que casa triste. E aqui, é mêsmo, o palácio da tristêsa. Ninguem pode simpatisar com um lugar onde existe o sofrimento. E quem sofre, é infeliz!

O diretôr já estava esperando-a. Vendo-a foi ao seu encontro.
— Bom-dia! Como passaste a nôite?
— Mal, porque fiquei com mêdo de dormir no quarto sosinha. Mas, a enfermêira, tranquilisou-me. Agora eu estou calma. Pareçe que a minh'alma, foi substituida por outra.
— Fico contente que estais disposta porque a senhora vae precisar de muita enérgia para suportar a grande luta que espera-te. Porque a existência ressolveu tratar-te como enteada. Dona Maria Emilia ouvia com profunda atenção o que dizia o diretôr. Não ritirava o olhos do rosto do Esculápio.
— E o meu filho? Como passou a nôite?
— Horrivelmente! Chorou! E pedia: Eu quero a Rosa! Eu quero a Rosa! Eu quero a Rosa!
Dona Maria Emilia começou chorar.
— Oh! Se eu pudesse da-la!...
O diretor prosseguio:
— Ele abriu as gavetas espalhou tudo no assôalho, acalmou um pouco quando pegou um jornal e ficou picando-o até adormeçer. Ele ainda está dormindo.
— Eu esqueci de dizer-te que ele tem a mania de rasgar papeis. Eu ando tão agitada que estou olvidando tudo. Eu não estava habituada com préocupações.
O diretôr disse-lhe que estava com sono porque passou a-nôite, observando os gestos de Renato.
Ela abriu os olhos adimirada e exclamou-se:
— Como o senhor é nobre! Agora eu vou tranquila porque sei que o senhor estará velando-o a-nôite. Então sendo assim... Obrigada doutôr!
Ele sorriu.
— Não confunda deveres com nobrêza. Um médico, tem responsabilidade. Se ha possibilidade de curarmos uma pessôa, devemos cura-la. Porque, a enférmidade escraviza o organismo. Eu passei a nôite observando o teu filho, porque uma mâe, não gosta de revelar o que se passa com o seu filho. Pensa que vae dessabona-lo. E o médico tem que descobrir a mania que o

135

enfermo adotou. O médico psiquiatra luta arduamente porque esta enfermidade, manifésta-se de varios modos.

Ela despediu-se dizendo-lhe que levava bôas impressôes. Queria chegar em casa para ver o seu esposo. Reconhecia tardiamente que precisava ser mais atenciosa com ele. Queria reconquista-lo.

Mas não sabia como iniciar-se. O seu carro já estava ao seu dispôr. Ela dirigia com cuidado com recêio de dessastres. Porque a sua vida como estava deslisando já era um dessastre. A fatalidade tem o mêsmo efêito da tempestade.

Quando chegou em casa era nove horas. O sol já estava descoberto. Não havia nuvens para ofuscar o seu brilho calido no espaço.

A brisa perpassou condusindo o aroma das flores do jardim. Ela parou no topo da escada. E têve a impressão, que o seu pensamento estava ora aqui, ora ali, vagando igual as ondas do mar. Teve impetos de bradar! Já estava cançando de tudo. Pareçe que o destino empacotou so aborrecimentos, e enviava-lhe uma remessa por semana. É horrivel uma casa, quando é atingida pelo o infurtunio. Mas foi ela mêsma que empacotou os aborrecimentos no passado para recêbê-los no futuro.

É que ninguem gosta de reçeber a visita do aborrecimento. Ele que é indesêjavel, é o que nos procura com mais assiduidade. Ela estava indecisa com recêio de entrar na sua casa com mêdo do seu esposo. Pensava: E se ele matar-me? Ele está ressentido comigo porque impiquei tanto com a Rosa.

Será que a Rosa amaldiçuou-me?

Dicidiu entrar. Abriu a porta. Viu o seu esposo escrevendo.

Seus olhares encontraram-se. E ela, perçebeu que não mais ocupava lugar no teu coração. Percebeu que estava sosinha no mundo. Sem pae, sem mâe, sem o filho, e sem o esposo.

Mil vezes estar morta do que estar viva e nas condiçôes que eu encontro-me.

— Bom-dia Roberto.
— Bom-dia.

— Você melhorou?
— Melhorei?
— E o Renato?
— Continua na mêsma passou a nôite rasgando papel.
— Pobre filho! Lamentou o seu pae com voz condoida. O unico gêito é açêitar a vida com os seus imprevistos.
Ela foi fazer o café. Abriu as janelas para o ar percorrer livremente pelos apossentos.
Roberto preparou-se e foi trabalhar. Ela ficou sosinha pensando em diminuir as despêsas porque precisava pagar hospital, e a pensão da Marina.

Por varios dias, a Marina chorava. Queria eliminar-se achando que não mais ia ser feliz. Mas os consêlhos de sua mâe e as visitas diarias do seu sogro foi reanimando-a. Ela ficava confusa pensando: Quando eu estava na casa d'ele, ele não falava comigo. E agora vem visitar-me. Pedia-lhe, para tocar piano ele ouvia. Elogiava-a.
— Você pode tocar num theatro. Você é bonita. É culta. É bôa. A sua musica é normal, sem falha. Você vae dêixar de ser nervosa para tocar melhor.
Ela ficava alegre com aquela atenção que ele dispensava-lhe e perçebia que ia reanimando aos pouco. Ele levava a aos theatros. E arranjou serviço para ela no palco. Ela tocava piano acompanhando os cantores.
E foi habituando-se com a vida de artista. Quando a companhia partiu ela acompanhou-os.
Onde chegava escrevia para o seu sogro. So que não mencionava o nome de sua sogra porque ela era a causadora de sua vida sem leme. Ela, que sonhava com um esposo. E um lar solido. Um vida tranquila com filhos, e não viu nem uma par-

te dos seus sonhos, realizar-se. Na sua vida de artista, estava ficando formosa porque era bela e aprendeu agradar os homens. E ela que iducou-se para agradar so um homem era obrigada a sorrir para todos sem classificação. Quando uma mulher vive sem um homem ao seu lado, a sua Moral fica em duvida.

É casada? É rascôa? É meretriz? Os homens olhava-lhe com um olhar duvidôso. Ela recebia flores, e convites para ir jantar nos restaurantes de luxo.

Achava horrivel aquela condição de vida. Mas se afastava, d'aquele nucleo sentia falta. As vezes ela estava indisposta mas precisava representar. E o artista tem que demostrar alegria dar a impressão ao publico que ele desconheçe a tristêza. Um dia representara uma peça que os artistas em geral precisava cantar. E a sua voz foi a mais eficiente. Passou a cantar.

E foi assim que Dona Maria Emilia têve conhecimento que a sua nora era cantora.

Ficou expantada ouvindo o seu disco girando na vitrola. Comparou o giro do disco, com a vida de Marina que estava girando. Que confusão existe na nossa vida enquanto peregrinamos aqui pelo mundo.

Achou a voz de sua nora tão triste e bonita. Quando o seu esposo chegou ela contou-lhe que a Marina era artista. E se ele sabia e o que pensava de sua nora?

— Ela cumpriu seus deveres social. Não ha nada condenavel na sua vida.

Dona Maria Emilia já estava habituada com as respóstas laconicas do seu esposo, que lhe falava o menos possivel.

Ela fitava o seu rôsto enrrugado e a sua cabêça grisalha com propensão a caliviçe. Já fazia dôis anos que Renato estava no hospital. O seu sogro havia falecido. E a Rosa recebia um filho anual. Era a sua genéalogia médrando. Sua cunhada Helena tinha orgulho de ser avó que até estragava os nétos com tantos, mimos. Ela foi tratada com tanta friêsa que sentiu-se mal naquele nucleo. Tinha a impressão que estava entre desconhecidos.

Rosa nem siquer olhou-lhe. Ela era a mais rica da familia. Era prodiga, na filantropia.

Tinha trêis criados ao seu dispôr. Levantava as dez horas. Não conhecia as préocupações da vida. Ficou tao bonita que podia competir-se num cuncurso de belêza.

Joel não notou a presença de sua tia. Pensava: Eu, não conheci a minha mâe, mas se ela fosse assim Mil vez! viver na orfândade.

Ela estava anciosa para ir-se embora. Ela não relembrava que a sua vida era reversivel. Ela desprêsava e féria a sensíbilidade dos seus parentes e agora reçebia os juros.

E que juros!

Assim que o enterro partiu ela despediu-se dêixando o seu esposo que estava inconsolavel com a perda de seu pae.

Passou o resto do dia por la. Quando chegou em casa sua esposa estava de preto. Ele fitou-a longamente. Como se estivesse olhando um intruso que invadiu os seus dominios sem permissão.

— Não sei se dêvo agradeçer-te, ou criticar-te porque você pois luto por causa do passamento de papae. Você, que nunca apreciou a minha familia. Eu, sempre esperei que um dia, você ia abandonar-me. Porque ha mulheres que quando ficam mais prática com o decorrer dos anos arrepende-se de ter se casado. Achando que o esposo não é do seu agrado encontrando falhas.

Ela sorriu. E comentou:

— Que disparate! Eu procuro ser agradavel no mêio dos seus parentes.

Mas, ela parou de falar bruscamente andando na direção do seu quarto. Quando viu a sua imagem refletida no espelho pensou: Para que usar luto! Se existe vidas que é mais negra do que estas roupas que uso. A minha casa já é tão triste! E estas roupas vêio auxiliar a tristêza que resolveu adotar-me. Estava tão confusa resolveu dêitar-se.

Roberto ficou sentado pensando: no seu filho Renato que

havia de ficar triste com a partida eterna de seu pae. Mas ele havia perdido a noção de tudo que ocorre no mundo.

Ele, nunca foi ao hospital visita lo. Quem ia era a sua esposa. Já que ele estava lá por intermédio dela, ela que preocupasse com tudo.

Ele era o filho mais velho ia providênciar o inventario de seu pae. Suas irmâs que ressidiam no Rio não compareçeram porque não foi localisado os seus endereços.

Ele olhou o relogio e foi dêitar-se. O sono não vinha ficou pensando na sua vida tâo atribulada e disfêita igual retalhos com seus angulos diferentes.

Pareçe que a fatalidade, convidou seus socios para ataca-lo. Porque, a tristêza a enfermidade, a dessilusão, a incompatibilidade, estava hospedada na sua casa. Eram sombras seguindo-lhe. Esprêitando-lhe e tolhindo os seus progétos.

Ficou assustado quando o dia despontou-se. Tinha a impressão, que havia permanecido no lêito so um minuto.

Ficou ouvindo os gorgêios das avês que despertam cantando. So o homem é quem desperta triste com as préocupacôes funéstas que lhe atinge. Pareçe que os irracionaes conduze-se melhor na vida.

A unica coisa que desmoronou o seu lar foi ambição desmédida de sua esposa.

Tem ambiçôes favoraveis na vida. Mas a de sua esposa, era destruidora. Recaiu-lhes igual uma avalanche.

Dêixou o lêito e foi preparar-se para o trabalho. Já estava descontente com a sua existência que andava nas ruas fitando o solo. Como se estivesse ancioso para ser tragado por suas entranhas. Trabalhava dessinteressado, sem animo. Queria descançar não o fisico, mas a mente.

Queria dêitar-se num lugar silente e dormir horas e horas. Ha épocas que a solidão nos benéficia. Se eu pudesse passar uns dias numa estancia! Aspirando o ar puro, contemplar um pedaço do ceu amplo sem os edificios e as chaminés fumegantes. A gente vive-se. Com tonéladas de esperanças acumuladas na mente que vae duplicando-se dia a dia. Espera-se, que um dia, a nossa vida melhore.

So eu! Não espero nada mais ja estou senil e dessilidido.

Os dias iam passando, e ele ia aborreçendo de tudo que rodeava lhe. Quando via um mendigo dêitado pensava: Este renunciou o mundo. Fez bem. Vive-se qualquer gêito. Imita as avês que percorre amplidão. Não teme o futuro. Estes homens, é quem desfruta uma tranquilidade intérior maravilhosa. So eu sou inquieto. É porque vêjo o meu filho sofrendo e não posso soccorre-lo. Ele andava tao distraido pelas ruas como se ignorasse o pirigo que as ruas representa com a intensidade dos autos que circulam que não viu um auto que atravessava colhendo-o e atirando-o com a cabêça na guia da calçada supérior.

Ele deu um gemido profundo e ficou imovel. O povo aglomérou se. As autoridades compareçeu para as formalidades. E o seu corpo foi removido para o necroterio.

Quando a noticia chegou na sua casa, a sua esposa desmaiou-se. O mensageiro soccorreu-lhe. Ela foi reanimando-se. E bradou!

— Estou sosinha neste mundo! Tudo que eu temia, e temo, atinge-me. Eu tinha mêdo da pobrêza! E fiquei pobre! Eu tinha mêdo da solidão! E fiquei sosinha!

Deu um longo suspiro e o seu olhar percorreu o espaço como se estivesse querendo descobrir onde apôiar-se.

— Oh! Meu Deus! Eu não inclui a visita do infurtunio nos meus sonhos. Que horas que ele foi atropélado?

— Ele vinha almoçar! Morreu na hora. O guarda que fica no local já esperava por isso porque ele andava so numa direção e com o olhar fito no solo. O guarda apelidou-o O homem, triste! Os seus géstos demostrava o seu estado d'alma. Até-logo minha senhora! E açêite meus pesêmes.

Dona Maria Emilia sentou-se numa cadêira pegou a lista telefonica para procurar o telefone de sua cunhada.

Eles já sabiam porque o Joel é quem estava de plantão no hospital e reconheçeu o corpo do seu tio e telefonou avisando-os.

Ela fechou a casa tomou um taxi e foi ao nicrotério. A familia já estavam presente. Ela abraçou o corpo rigido do seu esposo e chorou. Eu queria ir na sua frente. Mas o destino não atende-me. A fatalidade simpatisou se comigo. Que existência hedionda. O meu desêjo é deambular até cair exausta. As pessôas amigas vinham chegando adimirando o fim tragico de Roberto que era um homem calmo e honésto. Durante a sua permanencia na terra nunca cometeu uma falta grave.

Os que vinham vê-lo êlogiava-o. A surpresa geral foi quando apareçeu a Marina.

Ela, disse-lhes que havia chegado hontem para descançar uns dias e rever sua mâe, e que pretendia visitar o seu sogro. Que ele, lhe escrevia sempre. Estimulando-lhe e dizia que gostava muito de minha pessôa.

Dona Helena não lhe conhecia. Ficou estupéfata com a sua belêza.

Era muito mais bonita do que a Rosa. Pensava: O que será que êxiste nesta mulher que o Renato não poude ama-la?

— Ela era estéril. E ele queria filhos. Todos olhares fixaram-se na Marina.

— Então a grande cantora é tua nora?
— E onde está o seu filho?
— Está doente.
— Quantos filhos a senhora tem?
— So o que está no hospital.
— Porisso que é ruim filho único.

Marina queria ir visitar o seu esposo no hospital porque tinha do dele. Se eu soubesse que ele amava a Rosa não teria me casado com ele. Somos dôis infelizes no mundo. Ele numa cela. E eu, vagando pelo mundo igual cigana. Ela continuou citando que ouviu a noticia pelo radio.

Joel felicitou-a pelo successo que estava alcançando como artista. E se conhecia a Europa de norte a sul?

— Algumas cidades importantes.

Raul estava cuidando dos papeis para o enterro. Fôram enviadas varias corôas de flores.

Marina pediu desculpas e ritirou-se porque ia assinar uns contratos. Porque enquanto vive-se, é preciso ganhar muito dinheiro. E ela não queria ter, uma velhiçe indigente.

— Ela é tao fina! Comentavam. Os artigos nos jornaes enalteçe-lhe. O estudo é o esmalte das pessôas. Ela não declara o seu estado civil. Eu não sabia ser, ela, casada. Quando alguem interroga-lhe, ela diz que é uma folha ao dispôr das ondas. Que todas pessôas quando nasçem já são predéstinadas a reçeber o seu quinhão.

Os aborrecimentos que existe na sua vida linhas divididas pareçe que estas divagaçôes refere se, ao seu esposo.

Dona Maria Emilia desmaiou-se quando o côrpo do seu esposo partiu para sempre.

Que suplicio quando chegou na sua casa. Olhou a cadeira prediléta de Roberto, e o seu jornal prediléto. Aquele silêncio enervava-a. Tinha a impressão que alguem estava nas suas costas olhando-a.

É que ela estava nervosa. E os nervos agitados; nos dessorientam. Foi pedir a visinha se permitia que a sua criada fosse dormir com ela até ela encontrar uma pessôa idonea para fazer-lhe companhia. Ela estava pensando no seu passando. Teve opurtunidades de ter muitos filhos.

Não quiz. Teve opurtunidade de ter uma nora fertil, a Rosa ela vedou a sua aproximação na fãmilia.

A Rosa era o pilar de minha vida. Ritirando-a, minha vida desmoronou-se. A unica coisa que eu posso dizer é isto!

Que queda fatal!

Ela anunciou nos jornaes que precisava de uma senhora culta que quizesse ressidir-se com ela para servir-lhe de companhia. Exigia referências. Surgiram inumeras senhoras. Ela escolheu a mais anosa porque pareçe que as pessôas maturas já estão divorciando-se do mundo. Porque quase todas são bofêjadas pela dessilusão. E assim a Dona Carmem de Melo foi mesclar-se na sua vida. Tomava conta da casa na sua ausência. Ficava ouvindo o radio. Ela vivia ao seu modo. Não era repreendida.

Preparava as refêiçôes do seu gosto. E começou gostar de Dona Maria Emilia. Ela saia todos os dias preparando apossentadoria e revendo as contas no banco.

Ela não sabia que o seu esposo guardava dinheiro. Ele, era tão resservado. Ela precisava arranjar algo para ir vivendo porque o dinheiro não ia dar. Ela estava confusa. Porque não queria empregar o dinheiro em negocios improspéraveis. E ela, não entendia nada de negocios.

Ela estava sentindo falta do seu esposo. Reconhecia que a vida em conjunto com um homem é favoravel. Porque ele encarrega-se de varios problemas da vida.

— Se uma mulher soubesse da utilidade de um homem fazia tudo para prolongar-lhe a existência aqui na terra. Porque o homem tem valôr quando está por cima da terra e não, quando reclue-se nas suas entranhas.

Quando ela entrava, encontrava a Dona Carmem sorrindo a sua espera. Ela dizia-lhe:

— Eu gosto da senhora!

Dona Maria Emilia sobressaltou-se porque era a primeira vez que ela ouvia alguem dizer-lhe que gostava d'ela. Ficou alegre e reanimada.

Os anos fôram passando. Seus cabêlos começaram encaneçêr-se. As rugas iam surgindo. O seu ideal pela vida arrefeçendo. Eu, fui na vida igual um sapateiro que fez um par de sapatos e errou. Fez os dôis sapatos para o mêsmo pé. Os meus sapatos é para o pé esquerdo. Ela pensava mil coisas de uma vez. Ressolveu alugar a casa e ressidir no quarto dos criados. Com os alugueis elevados ela até podia economisar-se.

A mulher casa-se para ter quem cuide de si no decorrer de sua existência. Mas, se ela ficar viuva, tem que lutar sosinha até o fim da vida. Se o Renato fosse perfêito eu podia ressidir-me com ele. Tem filhos que amparam as mães quando os paes fenéçem.

Eu podia auxiliar a minha nora e os meus netos. Mas a minha nora tinha que ser a Rosa. E eu, nunca, consegui aprecia la. A minha vida é igual um docê que não ficou no ponto. Envez de ficar macio, petrificou-se. Ela, relatou a dona Carmem que ia alugar a casa e pois anuncio no jornal.

As pessôas que apareciam para aluga-la tinham crianças. Podiam quebrar-lhe os vidros das janelas. Os casaes sem filhos achava a casa grande demaes. E o preço alto demâes.

Varias pessôas sugeriu-lhe que transformasse a casa em pensão, mas, ela, nunca apreciou a vida agitada e ter que executar tudo dentro dos horarios. Ha ocasiôes, que a nossa vida é um peso a nos esmagar. Os alugueis do sanatorio havia duplicado. E ela não gostava de alimentar-se mal para economisar-se.

Não animava a procurar trabalhos porque não sabia fazer nada. Adimirava as pessôas que tinham desposição para dêixar o lêito de manhâ e ir trabalhar. Como é que eles podem despertar se, na hora certa? E eles vão para o trabalho, sorrindo. Outros, cantando.

O telefone tocou, ela foi atender. Era a sua nora avisando-lhe que queria ir visitar o Renato antes de partir para a Europa. Combinaram ir no dia siguinte. Ela, pagava o hospital, podia entrar a qualquer hora.

Ela sentou-se no divan pensativa. Estava com o rôsto apôiado nas mâos quando a Dona Carmem entrou com uma xicara de café na bandêija. Disse-lhe:

— A senhora anda tão préocupada que esqueçe de alimentar-se como se deve. E quem não alimenta se como se deve, ficam ronceiro, quer no andar, quer no mister. E eu quero cooperar para prolongar-lhe a sua vida porque a senhora tem favorecido me, muito. Depôis que os meus parentes morrêram, é que eu sei o quanto eles me eram uteis.

Dona Maria Emilia ia sorvendo o café e ouvindo as palavras sensata de sua companheira. Ela resolveu fundar uma instituição de caridade. Pedia esmola. E auxiliava uns pobres como comprovante. E o resto das esmolas ela utilizava em seu sustento. Anunciou que auxiliava os pobres e pidia auxilio aos amigos. Alguns amigos sorriam e dizia em tom jocôso:

— Tem pessôas que quando envelheçem adotam certas manias ridiculas.

Ela, fingia não ouvir. Ha certas ocasiôes na vida que não podemos ouvir, nem ver certas coisas que aconteçem ao nosso redôr.

Quando Pilatos interrogou Jesus Cristo: o que é a verdade? Cristo, não respondeu-lhe, porque se respondêsse seria assim:

— A verdade, é uma coisa que nem sempre pode ser divulgada.

Quando ela via um pobre dêitado parava para falar-lhe e aconsêlhava-o para reanimar-se na vida e procura-la que ela favorecia-o. Que enquanto viver precisa-se lutar e não dessanimar-se.

Curvava-se e passava as mâos pelos cabêlos lene dos mendigos que ficavam contentes e reanimado Moralmente fisicamente e Espiritualmente e exclamavam:

— Como a senhora é bôa! Quem me dera ter tido a senhora Como minha mâe! Eu havia de ser feliz! Uma mulher de sentimentos nobres e êlevados igual a senhora é quem devia ser mâe.

Ela ficava nervosa quando ouvia estes diálogos. Não gostava de ouvir alguem perguntando-lhe se tinha filhos! Porque ela não encontrava o que responder:

— Não tenho! Nunca fui mâe! O meu filho morreu!

Quando alguem lhe falava de filhos, ela afastava rapidamente aludindo que tinha o que fazer.

Um encontro, ou uma visita aos pobres. Ela já estava antepatisando com a vida. Tinha a impressão que o mundo para ela era assim. Um fiasco chêio de pregos. Onde ela virasse encontrava um prego furando-lhe as carnes.

Vivia de qualquer gêito.

Sem agafamar-se. Já que tudo para mim é nebuloso vou dêixar de sonhar. Ela não podia sentar-se na calçada igual um vencido por causa do seu filho que estava no hospital. E ela não queria ve-lo entre os indigentes porque ele não era furiôso. Era semilucido.

Quando a Marina chegou de auto ela já estava a sua espera. O olhar de Marina perpassou pelos arredores que lhe eram familiares.

— Não quer entrar Marina?
— Hoje não.
— Quando quizer vir ver-me venha. Esta casa já é tua porque você a unica parente que eu tenho. E o meu esposo legou-te no testamento.

Ela ficou perturbada.
— Ele era genérôso comigo. Foi ele quem arranjou-me emprego na companhia. Entrei como pianista e fui evoluindo. Ele aconsêlhava me para não dissipar.

Quando ela entrou no automovel ficou tão triste! Recordando o seu filho que gostava de guiar e o seu carro que fora vendido.

Marina disse-lhe:
— Se a senhora precisar de auxilio procura-me que hei de favoreçer-te no que puder porque apesar de não viver com o seu filho eu ainda sou tua nora. Quem da uma volta pelo mundo igual eu dei volta emancipada porque vê muitas desditas. Em cada pais que eu passei, vi coisas horrorosa e foi horriveis para a minha sensibilidade. Ha coisas que não podemos lenir. E eu fui dêixando um pouco do meu orgulho espalhado. Dêixei de ter presunção.

— Eu pensei que você estava maguada comigo.
— Eu não guardo ressentimento. O ódio, não modifica o que já aconteçeu. É melhor ressignarmos.

Marina ia guiando com cuidado, porque a maturidade nos torna prudentes. Quando chegaram, elas desçêram do auto. Marina fechou a porta e foi seguindo-a.

Dona Maria Emilia disse-lhe:
— Quando eu venho aqui, tenho a impressão que vou indo para o calvario. Ha ocasiões que as nossas vidas, coincide com a de Maria santissima.

Ela deu um suspiro profundo revelando a sua tristêza e seguio em silêncio sem dizer mais nada. Até a sala do diretôr que ficou estupéfato com a belêza de Marina e perguntou-a.

— É esta a mulher que Renato amou? Oh! Como é bonita! É muito mais bonita do que a do retrato!

— Ah! Do retrato!

Balbuciou Marina recordando se. O seu olhar percorreu a sala.

Ela sentiu uma intranquilidade interior como se recêiasse ter que passar uma temporada naquele lugar triste e sinistro porque os que passam uma temporada num manicomio quando saem são reçebidos com reçeios.

Dona Maria Emilia apressentou a como sendo a esposa de Renato.

O médico estendeu-lhe a mão. Ela apertou-a e disse-lhe que tinha prazer de conhecê-lo. E se o seu esposo era curavel.

O médico indicou-lhe a cadêira. Ela sentou-se. O médico ficou de pé com as mãos cruzadas na cintura. Olhando-a atraves dos oculos.

— O teu esposo é normal.

— Normal o meu filho? Bradou Dona Maria Emilia demostrando alegria.

— Entâo, posso leva-lo doutôr?

— Calma minha senhora! Eu ainda não concluí!

— O teu esposo é desgostôso! Ele renunciou o mundo porque foi contrariado para ele tanto faz, estar num hospicio, numa cela, ou no paraizo. Ele não tem opção por nada. Ele obdeçe-me! Eu disse-lhe para dêixar de rasgar papel ele dêixou. Ele é conservadôr e não queria desligar-se do seu amôr queba. A senhora quer vê-lo?

— Oh! sim! já faz tempo que não o vêjo. Mêsmo distante eu não consigo ritira lo do meu pensamento. É dificil olvidar quem nos condusio aos pés do altar. Se eu soubesse que a nossa união ia deturpar-lhe a vida quem havia de renuncia-lo era eu! Porque a Rosa disse-me que enquanto o Renato fosse livre ela tambem seria. E foi ele quem casou-se primeiro!

O médico ficava confuso quando falava de Renato. Para ele, o Renato era o seu doente enigmático. Ele escrevia os seus géstos e ações porque pretendia editar o tipo da enfermidade de Renato como estudo na médicina psquiatrica.

Marina ia seguindo o médico que estava na sua frente observando o intérior do hospital. Aquele silencio era para ela como se estivesse isolada do resto do mundo.

Ficou observando o médico ritirar do bolso do avental o seu chaveiro que devia pesar novecentas gramas e escolher a chave. Era facil encontra-la porque estavam numéradas.

Renato estava dêitado de costa.

O médico disse-lhe:

— A tua mâe vêio visitar-te.

Ele não moveu-se.

O médico ergueu as sombrancêlhas e menéou a cabéca. Para ele os doentes eram igual cartas enigmáticas que acertamos algumas palavras.

— Levanta Renato, para comprimentar a tua esposa!

— Oh! É a Rosa?

E levantou-se depressa, assustando os presentes. O seu olhar pausou no rôsto de Marina.

— Ahhh! É... você!

Ritirou o seu olhar do rôsto de Marina com uma rapides incrivel, e foi dêitar-se novamente. Ninguem falava apénas olhava-o. Ele deu um suspiro longo e alisou os cabêlos.

Marina e o medico e sua sogra sairam silenciosas. Dona Maria Emilia estava envergonhada com a friêsa de Renato.

Marina foi a primeira a falar:

— Não mais voltarei a vê-lo. Vou cuidar do meu divorcio. Ele ha de concordar-se sem relutancia.

O médico perçebeu que ela estava nervosa. E as pessoas nervosas ficam sem ação dependendo dos seus pensamentos dessajustados.

— Eu quero partir! Eu tenho contrato vou assina-lo. O meu sonho é viver num lar onde eu possa ser feliz. Não nasci para

149

deambular. Não tenho vocação para ser turista. Mas o Renato trata-me com hostilidade. Eu não suporto divergências. Eu viajei para provocar-lhe ciumes.

Ela falava initerruptamente. Demostrando que estava dessapontada com o desprêso do seu esposo.

Andava pelo aposento esfregando as mâos como se elas lhe incomodasse querendo ritira-las do côrpo. Mas o corpo humano é obra da naturêza. É solido no corpo todos os seus membros.

— Pareçe que a felicidade e a infelicidade, fizeram uma aposta para ver qual é a douradora. A infelicidade... venceu! Tenho a impressão que fui feliz só aos pés do altar. Ninguem casa-se para viver rivalisando-se. Ninguem premédita encontrar a desventura. Enquanto sonhamos com a felicidade a desventura está nos seguindo esprêitando-nos, aguardando um momento para emparelhar-se conôsco e nos acompanhar até... sabe Deus quando?

Ela perpassou o olhar ao redor.

O médico acompanhava com a vista os seus movimentos. E o seu porte altivo como se fosse fêito de marmore. Adimirando suas mâos com seus dêdos afilados percibia que ela não queria ser uma mulher mundana voluvel e futil.

— A senhora não sente-se feliz sendo artista? A adimiracão e os aplausos da turba ha de empolgarte?

Ela pensou um pouco antes de responder com recêio de não dar-lhe a resposta adquada.

Ergueu a cabêça com altivez e fitou o rôsto sereno do médico.

— Sabe doutor... quando eu vi o meu lar disfêito, a minha vida deturpada, fiquei dessorientada. Tive a impressão que eu era um avião no espaço sem combustivel. E a solução era a queda. Para mim, eu estava desgovernada no mundo. Eu era um avião que vinha de encontro ao solo. O senhor já observou uma criança quando vai construir um brinquêdo e não consegue? Atira tudo pelos ares. Eu nunca pensei em ser artista. Sabe doutor, o que nós pidimos a vida, ela não nos conçede.

Ela parou de falar e ficou olhando atraves da janela o espaço e o céu limpido sem nuvem.

— Sabe Dona Marina, quando duas pessôas casam-se, devem observar-se, se as suas aspirações coincidem. E o prazer de viver unidos. O resto vem por si só.

— Oh! Doutôr! Tem coisas que o senhor ainda não conheçe. O homem quando casa, quer ver a sua marca na mulher. E eu sou esteril. Tenho a impressão que os meus orgãos estão mortos.

— Eu não entendo o que é a marca do homem. A senhora quer explicar-me?

— É o filho doutor!

— A senhora ainda é jovem pode ser que ainda venha a ser mâe. E a senhora quer filho?

— Quero doutor. Varios filhos. Mas eu quero ter filhos do meu esposo para não dar confusão na sociedade. Eu aprendi cosinhar para nutri-los bem. Sabe doutor tenho a impressão que sou uma mendiga. Pedi um lar não ganhei. Pedi filhos... não surgiram! Há, muitas manêiras de ser mendigas na vida. Pareçe que em todas existências falta algo.

O médico olhou o relógio. E a Marina perçebeu que ela estava prolongando nos seus lamentos.

— Vamos embora minha sogra. Hoje eu vou passar o dia com a senhora. Já fomos amigas e entre nós não ouve atritos. Eu sempre respêitei a senhora sabe que eu detésto e as familias que ficam maldizendo-se. É a prova de mal educados.

— Não aprovo os rancôres. Um dia dêixamos o mundo. Devemos aprovêitar a vida. Para que porpocionarmos tristêzas uns aos outros.

Ela despédiu-se do médico.

Ele ficou encantado com os modos sensatos de Marina. Ela não quer relaxar na vida. Não quer transviar-se. Quer ser do homem. Não quer ser dos homens. A mulher que vive nos braços dos homens é igual uma moeda circulando. E eu hei de fazer tudo para auxilia-la.

Marina e sua sogra sairam. Ele ficou olhando elas andar com, seus passos vacilantes.

Marina dirigia o carro na estrada asfaltada com cuidado porque não conhecia o roteiro. E temia as curvas e os dessastres que trazem complicações e confusôes com a lêi.

Desviou o olhar da estrada e olhou o rôsto de sua sogra. Ela estava fitando o céu com um olhar tão triste que a Marina ficou comovida. Com os aborrecimentos sucessivos vamos perdendo o interesse pela vida. E achando o mundo insipido. Se não existisse sofrimento não existia lamentos.

— Eu viajei para tranquilisar-me e não consegui. Porisso vou ficar com a senhora novamente. Tenho a impressão que sou uma mola fora do êixo. As vezes eu sentia saudades da senhora e do Renato.

— Oh! Marina... você reanima-me. Basta olhar-te para ver como você está transformada. Você pareçe uma ampola que reencheu-se novamente. Pareçe que você era um pilar ocilando e firmou-se. E so o que é firme, é que está em condições de suportar todo peso ao seu redôr. Eu sempre confiei em você. Penso que você ainda vae por tudo em linha réta. Silênciaram-se.

Dona Maria Emilia começou sintir uma alegria intérior que ela desconhecia. E, como era bom estar tranquila. Dona Carmem de Melo ficou contente com a Marina. Disse-lhe:

— A senhora vem nos reanimar.

Os dias fôram decorrendo-se. Marina não reçebia a imprensa porque queria desligar-se do nucleo artistico.

Dona Maria Emilia gostava de ouvi-la. A sua vida entre as artistas esclareceu-lhe a mente. Ela estava sensata. Demostrando que aprendeu por os pingos nos iis. De manhã ela limpava a casa. Ia no jardim colher as flores para adornar as jarras. As abêlhas seguia-lhe como se quizesse reprova-la por arrebatar as flores onde elas, vinham recolher o seu netar.

Como é bom a vida calma que eu levo atualmente. De manhã eu desperto, e contemplo sempre o mêsmo cenário. A mulher no lar tambem é uma atriz. E o esposo um galã. Ela ficava sismando com os olhos fitos no solo. Erguia a cabeça e o seu olhar ia direto ao rôsto de sua sogra. Dizia-lhe:

— Sabe Dona Maria Emilia, eu tenho convicção que um dia, a minha vida ha de transformar-se. Hei de viver como idealisei. Nas vidas ha sempre um lado tragico. Que não nos avisa quando nos procura. O que eu sêi dizer, é que tudo que é funesto aborreçe. As dessilusôes são as chagas da existências que nos fere, dêixando cicatrizes. A senhora ficou viuva. E eu, estou separada do meu esposo. Nos, somos as chagas mutuas. Os filhos que êrram são as chagas dos paes. Os casaes que separam-se são chagas mutuas. Com relação a díuturnidade do hemisfério a nossa estadia aqui, é um minuto. E nós deviamos aprovêitar a vida de outra forma. Abandonar certos caprichos tôlos que não nos benéficia. Faz dias que eu estou pensando no Renato. Pretendo ir passar uns dias com ele para ver como é que ele trata-me. Eu adiquirí mais experiência, e pretendo reconquista-lo. E eu tenho adoração pelo Renato! Como é horrivel ser despressada pelo homem que amamos. Todas mulheres gosta de um homem. Mêsmo as merétrizes que está nas mãos de todos igual um obgéto inclassificavel tem o seu prediléto. Quando somos pequenos, queremos um brinquêdo. Quando somos adultos, almêjamos um companheiro.

Marina parou de falar porque a criada vêio avisa-la que o almoço estava na mêsa. Quando sentava-se na mêsa, tinha a impressão de estar vendo o seu esposo ao seu lado, e o seu sogro na sua frente. Achava esquisito aquela transformação na sua vida.

Que tempestade na minha existência. Pareçe que sou uma arvore isolada num dezerto atingida por um vendaval sem flores, e sem frutos.

A flôr seria o Renato. Os frutos, o filho. Ou filhos. Deu um longo suspiro e comentou:

— Eu estou no tribunal da vida. Condenada a envelheçer, sosinha.

Ela passava trêis dias com sua mãe e trêis com sua sogra. Era imlimitadamente educada. Zelava pela sua reputação como se fosse um tessouro precioso.

Quando visitava suas colégas elas tocavam seus discos para agrada-la.

— Você não vae voltar para o palco?

— Não prentendo. O Renato está melhor ele vae deixar o hospital e nos vamos fazer uma viajem ao redor do globo.

— Com que finalidade? Para escrever ou apénas para conheçer?

— Para distrairmos.

Ela ficava olhando suas colégas fazer tricôt para agassalhar os filhos no inverno. Ficava com inveja. Para ela um lar solido era o maior tessouro do mundo. Ela auxiliava sua sogra distribuir roupas para os pobres. As mâes pauperrimas ficava-lhe grata convidando-a para batisar seus filhos.

Ela dizia-lhes:

— Quando o meu esposo dêixar o hospital vamos batisa-los.

Ela era tao afavel que as crianças quando avistava-a iam correndo na sua direção amarfanhando-lhe o vestido e dêixando as marcas dos seus dêdos sujos de doçes. Despertando o seu desêjo de ser mâe e carregar nos seus braços o ente que germinou na sua entranha. Mas, o filho não vem sem o homem, e ela, não tinha homem.

Ela estava na casa de sua sogra e ficou expantada quando leu no jornal que o Joel foi atropélado e estava no hospital em estado de coma. Foi correndo mostrar o jornal a sua sogra.

— Credo! Exclamou Dona Maria Emilia depôis de ouvi-la. Pareçe que os atropelamentos persegue a nossa familia! Pobre Rosa! É muito dificil um atropelado ficar perfêito. Temos so um gêito de nasçer, e muitos de morrer. Pelo que vêjo as nossas viuvez coincidem.

Ela ficou sismando espérando a decisão de Marina.

Marina dobrou o jornal e guardou na gavêta e disse-lhe:

— A senhora telefona para a dona Helena. Ele foi atropélado hontem.

— Ela é quem devia nos telefonar.
— Ela deve estar dessorientada!
— Você tem razão! Concordou-se Dona Maria Emilia. Eu já conheço estas complicações porque já fui atingida. Porque será que as coisas vem de imprevisto.
A tempestade anuncia quando vai dessabar para a gente previnir-se. Enquanto previnimos vamos nos acalmando e enfrentamos com serenidade.
Marina era uma mulher dicidida. Perguntou-lhe:
— Qual é o número do telefone?
Dona Maria Emilia indicou-lhe.
Ela telefonou — e não obteve resposta. Telefonou para o hospital.
Desligou o fone e ficou parada como se tivesse sido tragada pela terra com os olhos fixos no assôalho.
— O que foi Marina? Você ficou palida.
— O Joel morreu!
— Ah! Que pena! Balbuciou Dona Maria Emilia.
— Ele era tão bom! Era um homem de Espirito supérior. Calmo e delicado e as pessôas assim tem so um roteiro na vida.
— Qual é. Perguntou Marina demostrando profunda curiosidade.
— Vençêr! So os calmos vençem! E ele... venceu. Sabia angariar amisades. Eu ouvia varias pessôas dizer: vae consultar com o dr. Joel. Ele não dêixa as pessôas morrer! Reservou um horario para atender os pobres. Era um homem sensato! Pobre Rosa! Perder um esposo! Nobre e esforçado. Quando a mulher perde um esposo bom é a mêsma coisa que amputar lhe um membro. Eu não posso imiscuir neste assunto porque não tive sorte no matrimonio. Eu sou uma mulher que comprou um bilhête, e não recebi o prémio.
Dona Maria Emilia mordeu os labios e ficou vermelha. Com as respostas ironicas de Marina dêixava-a confusa e aprisionada igual uma mosca na telha de aranha. Marina prosseguiu:
— Sabe Dona Maria Emilia, quando eu vêjo um inseto na

agua, debatendo-se para livrar-se eu auxilio-o porque eu tambem tenho a impressão que estou na agua sem poder libertar-me. E a minha vida dessajustada tem dia que revolto. Eu conservei o meu corpo virgem e a minha reputação impecavel e não fui feliz. Fui preterida. Preparei para auxiliar o meu esposo nas contingências da vida. Fui para os braços de Renato sem mancha. Não sou exigente. E ele trata-me tão mal.

— Ele é doente Marina!

— Que doente nada. Eu não crêio. Ele é enigmático. Quem é doente do cérebro não obdeçe. E ele obdeçe as prescriçôes. Dêixou de rasgar papeis. Ninguem obdeçe melhor as prescriçôes médicas do que o propio médico. Eu classifico o meu casamento assim: igual um tecido que compramos e ele descora e encolhe. E o que encolhe está perdido. E o que descora faz mal a vista. E fica inutilisado. Quando eu estava no teatro as minhas colegas de quartos diziam que eu sou nictobata. E elas tinham mêdo de dormir comigo. Não revelou-me o que pratico. Eu não acreditava. Mas a minha mâe disse-me que fiquei nictóbata. Fui ao médico. Recomendou-me distraçoes. Ele deu-me a entender que eu tenho excesso de hôrmo que preciso casar e ser mâe. Que vou ter varios filhos. Citei-lhe que estou separada do meu esposo e expliquei-lhe os pormenores da nossa dessunião. E ele aconselhou me para eu procurar o meu esposo. Ele disse-me que o sangue jovem atua no organismo igual um combustivel. Eu queria a opinião de mamãe mas, ela está tão descontente com a minha condicão de vida. Diz que a mulher quando não ilude com um homem, ilude-se com outro. Que a mulher que ilude-se com os homens, não tem amisade a nenhum. Eu penso: ter um filho de Renato. Quem sabe se ele passava a estimar-me. Todas existências tem um trecho espinhôso. O que é que a senhora aconselha-me?

— Você é sensata. E eu agradeço-te por você honrar o nome de meu filho. Casando-te com ele voçe arranjou uma cruz na tua existência. Tenho orgulho de ter-te como nora. Se você tiver filhos vae ser bôa mâe!

— Quem é digno de ter tudo, as vezes nada consegue. Nós vamos ver o Joel. Recordou Marina. Quem morre é um astro que sae da cena. A gente sente. Mas temos que ressignar-nos.

Elas prepararam e sairam de automovel. O dia estava tépido e as ruas apinhadas de transeuntes cada um demostrando um aspeto. Uns sorrindo outros cabisbaixos e triste.

Quando elas chegaram ao hospital fôram diretas para o nicroterio.

A familia estava reunida.

— Que êxicio na nossa familia. Esclamou Marina comovida. Pareçe que fomos visadas pelo infurtunio!

Rosa estava ao lado do corpo gelido do seu esposo. Fitando-o. Ergueu apénas os olhos para ver quem chegava. Os amigos e os clientes de Joel estavam presente expressando suas impressôes favoravel.

Ele curou meu tio, curou meu pae curou a minha avo. Que pena morrer um homem util assim.

Cada homem nasçe de um gêito com uma mentalidade diferente.

Dona Maria Emilia aproximou-se de Rosa para dar-lhes os pesêmes. Mas havia muito ressentimento no recondito de Rosa. Ressentimento justo contra a tua tia. Ela ficou perturbada com o olhar frio que reçebeu. Mas, já estava habituada com as indiferenças quer do destino, quer da existência. Quando ela nasçeu a fatalidade e o infurtunio marcou-lhe com o seu carrimbo... Has de sofrer! Até morrer!

Olhando o corpo de Joel exposto entre os candelabros e as flores de varias tonalidades pensava: Dêvo lamenta-lo ou inveja-lo?

Quando pensamos em duas coisas precisamos conheçer ambas para defini-las. A vida dos vivos eu conheço. É angustiosa insatisfêita. Estamos sempre desêjando algo. E quem não consegue o que almêja entristeçe. Eu conheço o efêito da tristêza porque o meu filho entristeçeu-se. O médico disse-me que ele

157

é louco. A Marina diz que não. — Eu fico confusa com a incoincidência dos dôis.
— Qual é o que está certo?
— O médico fala confiando nos seus estudos. E a Marina por intuição feminina.

Percorreu o olhar nos rôstos das pessôas presentes, deu um longo suspiro e pensou: O tempo dicidirá. Quem vae vivendo com paciência vê muitas coisas ajustar-se e dessajustar-se. O seu olhar continuava fitando os que fôram visitar o Joel pela ultima vez. Todos demostravam tristêzas.

O silêncio prédominava no recinto. O quadro que ela detestava era o velório e o choro dos familiares. Pareçe que os nossos encontros são nesta ocassião. As cunhadas que ressidia no Rio de Janeiro não aparecêram. Elas não cumunicavam com a familia.

Quando enterro saiu ela despediu se, não gostava de acampar um esquife. Ficava nervosa. É um espetaculo comovêdor. Porque quando um homem feneçe ha transtôrnos na nossa vida. E a morte pertençe as coisas naturaes. Mas o homem não açeita a morte como se deve porque ela arrebata pessôas que eram seu arrimo. Seus olhos fôram percorrendo os rôstinhos ingenuos dos filhos de Rosa que estavam tranquilos.

Quando as lagrimas deslisou-se pelo rôsto de Rosa, um de seus filhos perguntou-lhe:
— Quer papá mamâe?

E foi correndo buscar um pedaço de pão. E eles quando fossem maior iam pronunciar esta frase: Eu... não conheci o papae! Mas haviam de orgulhar-se dele, porque os elogios de sua intégridade era pronunciado por todos. E essas referências haviam de ser lhes util. Haviam de querer imita-lo.

O rosto de Rosa estava palido e o seu nervossismo era visivel porque a tristêsa era indissimulavel. Quando o relogio badalou as sêis badaladas noturna ela despediu-se. Chegou em casa fatigada e descontente com a existencia que nos presentêia alternadamente.

Um dia nos da uma dezena de alegria. E no outro, uma centena de tristezas. A alegria condusimos dentro do bolso. E a tristêsa dentro de um caminhão de mil tonéladas. Alegria é uma petala de rosa que nos atinge de vez por outra. E a tristesa é uma avalanche. Que desmorona o que alegria construiu. Na maturidade aprendemos viver com ressignação. Dona Carmem preparou-lhe a refêição. Ela lutou para deglutir mas não conseguio porque estava agitada. Tomou um calmante e foi dêitar se pensando na Rosa que ia passar por uns maus bocados gastar com limites. E a educação das crianças? E se eles fossem seus netos?

Passou a noite pensando em tudo que occorreu-lhe na vida ate aquela época. Classificava a sua vida igual uma moeda com duas façes uma de ouro outra de ferro. A façe que atuava na sua vida era a de ferro. Açendeu a luz e olhou as horas. Era duas horas. Seu olhar percorreu o quarto e perpassou-se nos retratos de seu esposo e de seu filho.

Um na campa outro no hospital. E quem está no hospital é um candidato a campa. Sobressaltou-se e bradou:

— O meu filho, não pode morrer. Eu não quero. E a visita que eu detesto é a da morte.

Assustou-se ouvindo a propia voz. E começou chorar. Adormeçeu-se. Quando o dia surgiu com o seu cenário para representar as cénas no seu decurso ela dêixou o lêito e foi abrir as janelas. O astro rêi já estava galgando o espaço. Ela sentiu o calôr na pele. O seu olhar percorreu o espaço fitando as nuvens que giravam indolentemente. Dêixou as janelas abertas e foi abluir-se. Tomou café estava tão confusa achando a existência intoleravel igual um obgéto que não sabemos como devemos utilisa-los. Enfim ela achava que a sua vida era inutil. Estava indisposta. Se deitava a intranquilidade e a fusão de idéas invadia a sua mente em formas decadentes.

Ela via-se sosinha preambulando pelas ruas pidindo esmola apôiada num bordão usando trages indigentes. Sacudia a cabêça com energia movendo em todas direções como se quizese afastar aquelas visôes dessinquetadoras.

Achava os dias interminaveis. Ela estava anosa para aprender um oficio ou procurar um emprego. Levava as mãos na cabêca e balbuciava:

— Meu Deus! O que foi que eu fiz da minha vida?

A vida é um tecido carissimo, que se êrrarmos na confecção, estará sempre êrrada inutilisavel.

Ela angariou mais inimigos do que amigos. E poude compreender que o orgulhoso um dia... é vencido. Respirou aliviada quando viu a Marina entrando pelo quarto e o seu olhar procurando localisa-la.

— Bom-dia, dona Maria Emilia!

— Oh! Marina! Eu estava pensando em você! Você é tudo que eu tenho na vida. Sem você eu ja... havia sucumbido. Você é igual um dinheiro reservado que nos favoreçe nas horas angustiosas. Já é tempo de agradeçer-te. O melhor negocio que eu já fiz foi incluir-te na minha familia.

Marina pôis os olhos no solo deu um longo suspiro como se quizesse expulsar todas angustias ali avulumada e disse-lhe:

— Mas, eu não sou feliz!

— Eu percêbo, e lamento!

— Mas o mundo é assim mêsmo! Quem é digno de viver sobre um halo de luz, vive-se entre as trevas. Para mim a vida é um ciclo uns de ouro, outros de ferros. Uns de prata outros de chumbo. Ha os que começam viver no ciclo de ouro e termina no ciclo de ferro.

Marina menéou a cabêça varias vezes e concluiu:

— Eu iniciei a minha vida no ciclo de chumbo. Que está pesando cada vez mais. Eu vim avisa-te que vou passar uns dias com o Renato. Ele está robusto com a bôa vida que leva no hospital. Deve estar necessitando de algo. Quem me dera ser eu este algo! A senhora não precisa acompanhar-me.

— Quando vaes?

— Hoje a tarde. Vim so avisar-lhe para a senhora ficar sabendo o meu paradeiro.

Ela olhou o relogio. Era onze horas. Levantou-se da cadeira

aproximou-se de sua sogra e deu-lhe um bêijo. Despediu-se e saiu. Dona Maria Emilia foi até a porta para olhar-lhe. Ela entrou no automovel e partiu.

Quando o automovel penetrou-se, noutra rua ela ritirou o olhar e fitou o espaço onde as avês percorriam demostrando gáudio. O ceu estava limpido e o sol estava tepido. Ela cançou daquele cenario e fechou a porta. Seu olhar foi direto ao retrato de seu esposo. Quando ele era vivo ela não dêixava ele viver em paz com seus desêjos. Ele satisfazia um ela lhe apresentava outro. Sempre discontente com seus vestidos ela mêsma escolheu os tecidos e os modelos. Quantas vezes uma mulher azucrina as ideias de um homem por coisas tolas. Ela estava fatigada foi dêitar-se.

Quando a Marina chegou ao hospital encontrou o seu esposo passando. Ele fitou-a longamente como se estivesse vendo-lhe pela primeira vez. Ele estava com as barbas por fazer. A barba negra dava-lhe um aspéto maravilhôso. Ele estava com as mãos nos bolsos.

Ritirou-a para comprimentar-lhe. Estendia a mão comprimentando-o.

— Você vae indo bem Renato?

Ele pensou uns instantes e disse-lhe:

— Não sei como é que vae indo a minha vida.

— Eu vim passar o dia com você. Eu dêito, e desperto pensando em você.

— Obrigado Marina. Fico contente em saber que sou o hospede do teu pensamento.

Ele olhou, o espaço e disse-lhe com carinho:

— Vamos entrar querida! O tempo está transformando. Está esfriando, e eu não quero ver-te doente porque ainda não sou médico para curar-te.

Ele passou a mão em torno de sua cintura e condusiu-a para o seu apartamento.

— Querido! Eu sempre desêjei estar ao teu lado reçebendo tuas caricias. Aqueles bêijos afétuosos deixava a sua mente

161

transtôrnada. Quantas vezes eu chorei pensando na sua indiferença. Mas, agora nos vamos comecar viver e vamos ser felizes. A tempestade que nos atingiu passou.

Ela passou a tarde com ele. Ela olhou o relógio. Depôis ergueu a cabêça fitando o astro rêi que recluia-se.

— Preciso ir-me!
— Hoje não. Você vae ficar aqui e amanhã eu vou com você. Vou dêixar este hospital para sempre. Estou com saudades do papae. Ele ha de ficar contente quando ver-me assumindo a minha tarefa de chefe de familia. Ele vae indo bem?

Ela mordeu os labios confusos. Ha certos momentos na nossa vida que é um verdadeiro, dilema.

— Ele foi viajar.
— Viajar? Ele, agora é viajante? Da mêsma firma?
— Sim, porque é o mais correto.
— Deve ganhar mais.
— Eu não perguntei qual é o seu ordenado.

Renato fechou os olhos pensativo e disse:
— So eu, é que ainda não sou nada na vida. E o homem precisa saber condusir-se. É... vamos ver daqui por diante pretendo estabeleçer-me em qualquer ramo. Basta você prometer-me que ficará ao meu lado para auxiliar-me, e estimular-me.

— Oh Renato! Este foi sempre o meu desejo, estar sempre ao teu lado. Eu sentia muitas saudades de você e desêjava ver-te ao menos uma vez por dia.

Ele puchou-a para os seus braços abraçando-a com ardôr.

— Oh Renato! Tenho a impressão que você um anjo condusindo-me no espaço. Meu ilustre esposo. Eu quero ser somente tua.

— Eu tambem quero-te sempre ao meu lado. Quando os desêjos coincidem a vida transforma-se num jardim em flôr. As flores são os adôrnos das hastes. E o amôr o adôrno da vida.

Ela sorriu.
— Tuas palavras mêigas estão dissipando aquelas maguas que estava acondicionada dentro do meu pêito.

Quando o garçon vêio anunciar o jantar, ele pidiu um jantar especial. O garçon foi falar com o médico que ficou surpreendido com o pidido e foi ver o que havia.

— Oh! Dona Marina! Bôa-tarde. Eu não sabia que a senhora estava aqui!

— Eu cheguei as duas horas.

— E como foi recebida?

— Com recepção de gala. O Renato quer dêixar o hospital. Quer ver se estabeleçe.

— Otimo! Otimo. Dizia o médico demostrando alegria. Estes dias eu lhe fiz ver que ele não tem nada. E podia deixar o hospital. Falei da senhora da sua dedicação da sua cultura. Ele pidiu refêição especial eu vim ver porque é que ele fez este pidido. Vou mandar preparar. A senhora vae dormir aqui?

— Vae! Respondeu Renato demostrando alegria. Os casaes não podem separar-se.

Ela sorriu demostrando prazer. Ela pidiu licença ao seu esposo e acompanhou o médico. O dr. fechou a porta e seguiram os dôis andando de vagar pelo corredôr imenso com suas filas de portas vis-a vis.

— Dr... ele, reçebeu tão bem, que eu estou êmocionada. É a primeira vez que ele acaricia-me. E há quanto tempo eu venho aguardando este momento. Que transformação sublime. A coisa mais deliciosa do mundo é as caricias de um homem. Quando ele cingiu-me nos seus braços dando-me amplexos eu me senti tão feliz como se estivesse num trono. Dr. Muniz, o senhor pode revelar-me a transformação do meu esposo?

Ele abriu a porta da sala de visita ela entrou na sua frente e sentou-se.

O médico sentou-se ao seu lado. Ritirou um cigarro da cigarreira e ofereçeu-a.

— Eu não fumo doutôr.

— Oh! Felicito-te. A senhora não fumando economisa dinheiro, e prolonga a existência.

Ela deu um suspiro profundo e comentou:

— A minha existência é fanada igual uma arvore quando é atingida pelo vendaval. A vida para ser bela, é só quando concretisamos o que idealisamos. A minha vida tem mais amarume do que mel. Tem mais cilício do que plumas.

O médico olhou o relógio.

— A senhora quer saber a transformação do teu esposo? Ele não tem nada. E eu vou aumentar as diárias quem paga é a sua sogra com dificuldade então eu resolvi dar-lhe umas ingeções de Hôrmo.

— E qual é o efêito destas ingeçôes.

— Ela atua na parte sexual. E ele forçosamente tem que procurar mulher. A senhor chegou quando a ingeção estava maniféstando. A senhora viu como ele quer ir com a senhora? Prometeu-me que amanhã dêixa este hospital. A senhora agrada-o. O mais que puder. E eu vou ver quanto ele deve. Os internos não saem sem liquidar o que devem.

— Está bem. Concordou Marina pensando na alegria que ia porpocionar a sua sogra e a sua mãe.

Ela foi procurar o Renato. Quando ele viu-a disse-lhe:

— Oh! Marina, você ficou conversando com o médico 15 minutos! Cada minuto para mim representou um ano. E eu não dêvo amar-te porque quando eu amo, o que amo tem que ser meu. Eu quero dêixar de ser apático. Ninguem pode estacionar na vida. Você não vae provocar ciumes porque eu sou violento. Você sabe que você não mais ha de sair de casa. Quando eu chegar quero encontrar-te, porque vou precisar de você, para muitos fins.

O seu olhar estava fixos no seu rôsto. Ele deu-lhe um osculo prolongado. Marina tinha a impressão que seus labios eram siamês.

Jantaram, conversaram com o médico que estava encantado com os modos normal de Renato. Achando que a ingeção deu resultado satisfatorio. Ele tinha pavôr do que era contraproducente. Dêixa na mente uma impressão de fracaso.

As vinte e uma hora eles fôram dêitar-se porque as labutas no hospital dêixava-o exausto.

Marina amanheçeu sorrindo. Estava encabulada com as atençôes do esposo. Preparou as malas pagou o médico e partiram. Ela guiava o carro. Renato ia contemplando aquelas paisagens que ele via pela primeira vez.

— Não recordo quando passei por aqui. Há momentos em nossas vidas que pareçe que o espirito afasta-se do corpo. Foi um enfraquecimento geral que atingiu-me. Como será que a Mamâe vae receber-me?

— Ha de assustar-se. Vae ficar emôcionada porque ela não esperava a tua pessôa em casa. Não nutria a esperança do teu restabelecimento. Depôis da emoção ha de ficar contente.

Ele ouvia a sua esposa falar. Prestava-lhe uma atenção quase especial. O seu olhar pousava nas môas de Marina que dirigia o carro com cuidado. Ela disse-lhe:

— Quem guia com cuidado, chega ao fim sem incidentes. Depôis eu vou condusindo uma reliquia no meu carro. Você Renato! O meu amôr.

Ele sorriu. Exclamou-se com meiguiçe:

— Marina! Marina! Como hei de agradeçer-te. Eu fui tão rude com você! E você suportou tudo com heroismo. Não revoltou-se não pediu a separação judicial. O Dr. Muniz enaltecia-te tanto que eu fui ficando enciumado. Pareçe que você ficou mais bonita!

— Oh Renato. Eu sou a mêsma. Não houve transformaçoes. É que você nunca olhou o meu rôsto. Eu sempre te amêi. Quando você estava na escola eu pensava: Se ele quizesse ser, o meu namorado! Eu aproximei de tua mâe visando conseguir-te. Você amou a Rosa com ardôr. Eu amava-te do mesmo modo. E a tua mâe favoreceu-me. E eu adoro a tua mâe porque obrigou-te a ser meu. Eu fiz uns pulover para você. Pretendia dar-te nos dias dos namorados. Quando chegava o dia eu ficava com reçêio de entregar-te. Eu comprei uns cinzeiros para você.

Ele inclinou-se e bêijou-lhe os cabêlos.

— Obrigado Marina Lopes. É bom saber que temos uma esposa superior. Vou imitar-te. Você é o meu modelo de ouro. Fico envergonhado de ter tratado-te com indiferença. O teu coração não é um lugar para hospedar máguas. É um recanto para alojar alegrias. Você vae perdôar-me! Você vae olvidar tudo que te fiz sofrer. Você é bôa.

O olhar de Renato estava fixos no seu rôsto.

— Você tem visto o vovô?

Ela sobressaltou-se e atrapalhou-se na direção, o carro desviou--se da estrada.

Renato percebeu que ela lhe ocul[ta]va alguma coisa e não perguntou-lhe nada mais. Quando entraram na cidade ele exclamou-se:

— É a mêsma confusão de outrora. O mêsmo cénario. As ruas e os automoveis circulando.

Marina ficou alegre pensando: Ele... não tem nada! Está restabelecido. Deus atendeu-me. Mas, eu lhe pedi tantas coisas.

Quando eles chegaram a Dona Carmem estava preparando a mêsa. Sorriu quando viu a Marina penétrando-se. Mas, ficou seria no mêsmo instante que viu o Renato.

— Oh! Quem é este homem? Eu nunca vi a senhora andar na companhia de homens?

— Este, é o Renato. O meu esposo!

— Então a senhora é nora de Dona Maria Emilia?

— Sou.

— Eu não sabia! Pensei que vocês eram amigas. Oh! A Dona Maria Emilia vae ficar contente! Ela vae dêixar de chorar. Ela fez varias promessas para Deus auxilia-lo. Hoje... ha de ser um dia de alegria para ela. Quer dizer que a tristêza pode preparar--se para nos dêixar. Agora as despêzas vae diminuir porque a Dona Maria Emilia ficava préocupada com as despêzas dos hospital. Atualmente as despêzas extras nos escravisam.

O olhar de Renato percorreu a sala e voltou-se novamente para o rosto de Dona Carmem. Perguntou-lhe:

— A senhora é secretaria de Dona Maria Emilia?

— Oh! Eu não tenho cultura para ser algo na vida. Sou uma

infeliz que vagava ao léo e a tua santa mâe, recolheu-me por caridade. Ela, é a minha segunda mâe. Eu era inquieta interiormente. Tinha um recêio tremendo de morrer na rua e alguem dizer: ela... era vadia. Porque ninguem vae lembrar de dizer: ela... era uma pobre infeliz.

Marina estava contente. Achando tudo modificado. O dia alegre e tepido.

Dona Maria Emilia entrou na sala bruscamente como se fosse impelida por um relampago.

— Eu ouvi voz masculina vim ver o que ha de anormal aqui.

— Eis anormalidade! Indicou Marina sorrindo.

— Re... Renato!

Ela correu e deu-lhe um amplexo e um osculo no rôsto.

— Oh! meu filho... até que enfim! Você têve alta? Pareçe até um sonho! Como é sublime ver o que ambicionamos concretisado! Oh! Marina. Você devia ter avisado-me para eu preparar-lhe uma refêição de gala. Estamos comemorando o restabelecimento e o retorno de Renato.

— O papae, e o vôvô é quem vão ficar contentes não é mamâe?

Ele olhou o relogio. E sorriu.

— Estou anciôso para vê-los.

Dona Carmem exclamou-se:

— Oh! Ele ainda não sabe...

— Sabe de que minha senhora?

— É que o teu pae morreu, o teu avô morreu e o Joel morreu.

— Oh! Então a morte fez um estagio na nossa familia e arrebatou o que tinhamos de melhor? Como foi que eles morrêram?

— O Joel e o teu pae fôram atropélados. E o teu avô morreu dormindo.

— Quantos anos faz que o papae morreu?

— Um e mêio.

— Quantos anos estive no hospital?

— Dôis anos e mêio.

— E eu não percibi. Tenho a impressão que estava num planeta diferente.

Ele dirigiu-se para o divã e sentou-se perto de sua esposa. Alisou os cabêlos demostrando profundo cansaço. Tem certas revelações que envelheçe os nossos espiritos. E ficaram vocês mulheres sosinhas lutando-se para viver. A senhora devia ter revelado me. Estas anormalidades conturba os espiritos.

Marina levantou-se e pediu a Dona Carmem para auxilia-la a conduzir as malas para o seu quarto. Dona Maria Emilia foi fazer compras para concluir o almoço para o seu filho. Renato foi percorrer a casa rever os aposentos que lhe eram tão caros. Parou no escritorio para lêr os livros escolares. Pretendia concluir os estudos.

Marina ligou o radio. E a musica suave chegou até aos ouvidos de Renato, que deu um longo suspiro. Quando ele ia saindo do escritorio deu um encontro com Marina que vinha entrando. Ambos assustaram-se e sorriram.

— Eu estava procurando-te para almoçar. A casa ficou mais atraente com você.

— Quer dizer que eu sou o novo adorno?

Ela sorriu.

— É que uma casa com um homem sensato, adiquire mais valôr. Tudo no mundo tem chefe. Até entre os selvagens. Se você soubesse como sentiamos a tua falta.

— Vamos almoçar.

Ele êlogiou a refêição que a sua mãe lhe oferecia. Estava calmo. Conversou amavelmente citando que pretendia concluir os estudos. Que o homem não deve vacilar.

As palavras de Renato eram tão sensatas que reanimou sua mãe que estava duvidando do seu restabelecimento mental. Quando ela levantou-se da mêsa estava convencida que o seu filho era um super-homem.

Renato barbeou-se e trocou-se de roupas. Quando a Dona Carmem viu-lhe escanhoado exclamou-se:

— Oh! Pareçe um principe! Que homem bonito. Onde vae você Renato?

— Vou visitar a minha sogra e dizer-lhe que quero a volta da minha esposa para a minha companhia. O papae levou-a. Eu vou busca-la de volta e quero pedir-lhe desculpas. Quero desfazer a ma impressão que ela deve ter de minha pessôa. Eu não conheço a ressidência de Dona Celeste. Reconheco que fui rude com elas. Eu não aprovo os homens, que magôa as mulheres. Eu era do tipo de homens que gostam de ser bajulados.

Marina vêio do interior da casa usando um vistido muito bem fêito usava joias finissimas.

— Oh! Marina... como você está bonita!

— Hoje é um dia magnifico para mim. Hei de recorda-lo sempre. O Renato prometeu-me não mais dêixar-me. E é tudo que eu desêjo na vida. Viver sempre ao seu lado.

Marina abriu a bolsa e ritirou dôis mil cruzeiros e entregou-lhe dizendo:

— Quero um jantar especial porque vou convidar a mamâe para vir jantar-se conôsco. Vamos Renato!

Ela agêitou o chapeu e disse para a sua sogra que ia ao cinema. Dona Maria Emilia acompanhou-lhes ate ao portão. Quando o carro penétrou-se noutra rua ela deu um longo suspiro.

— Oh! Meu meu Deus, pareçe que vos pousaste o teu olhar no meu lar! Será que o senhor vae colocar-me vis-a vis com a felicidade? Sendo assim, o meu obrigado. Porque a qualquer hora que a felicidade chegar nos nossos lares ha de ser bem reçebida.

O seu olhar percorreu o espaço contemplando as nuvens que estavam paradas como se estivessem repousando. As avês vagavam despreocupadas impélidas pela brisa que moviam as hastes e o odôr das flores espalhavam-se pelo ar. Passou a tarde atarefada lendo os livros de recêitas culinarias que estavam nas gavêtas chêias do pó e telhas de aranhas.

— Amanhâ hei de arranjar uma criada para cuidar da cosinha. Dona Celeste ficou contente com a visita de Renato.

Marina tocou piano. Cantou. E o seu esposo aplaudiu-lhe. Tomaram cha. Ele citou que os obgetos de Marina deviam voltar para a sua casa.

Dona Celeste não se opôs. Estava radiante. Vendo a vida de sua filha normalisada, prontificou-se a emprestar-lhe dinheiro para ele concluir os estudos.

— Eu pretendo arranjar um emprego.
— Você vae ficar exausto trabalhando e estudando.
— Eu quero enfrentar a vida. Um homem que vive contando com os outros para auxilia-lo a vencêr na vida é igual um amputado apôiado numas mulêtas. A senhora, a mamãe, e a Marina são as mulêtas de minha vida.
— Envez de prosseguir na medicina você podia ser farmacêutico. É um bom ramo. Eu posso dar-te uma farmacia de presente. Não te ofereci presente nupcial.
— Concordo Renato. O papae era farmacêutico. A mamãe pode auxiliar-te, ela, é pratica. A nossa farmacia está alugada.
— Eu açêito. Quem quer trabalhar açêita qualquer cargo.
— Quando tem habilidade! Advertiu Marina.
— E eu, pretendo não deçepcionar-te com tão bôas protetoras seria até crime quêixar-se da vida. Houve ocasiões na minha vida que eu pensei que havia nascido num bêrço de chumbo. Atualmente vêjo que enganei-me. Eu nasci num bêrço de prata.

Ele olhou o relógio era trêis da tarde. Convidou Marina para irem passar a tarde no cinema.

— E quando retornarmos a senhora vae conôsco jantar na casa de mamãe.

Eles sairam e Dona Celeste foi preparar os pertenças de sua filha. Enfim a vida de Marina estabilisava-se novamente. Ficou entretida que não percebeu o dia findar-se. Quando eles voltaram-se ela foi abluir-se depressa para acompanha-los.

O carro estava perfumosos porque o Renato havia comprado flores perfumosas. Ele estava contente.

— Gostou do filme Renato?
— Imensamente.

Citou algumas cenas comovedora e aconsêlhou sua sogra para ir vê-lo.

Renato estava maravilhôso. Era tratado com desvê-lo igual um heroe quando retorna-se.

Quando chegaram encontraram a mêsa bem posta com os talheres de prata e os pratos especiaes. Dona Maria havia convidado o médico para vir ver as atitudes do seu cliente. Ele conversava com Renato que disse-lhe que ia ser farmacéutico depôis que regressasse da viagem que ele pretendia fazer com a Marina.

— Otimo. Aprovou o médico.

Dona Maria Emilia queria uma opinião do médico.

— O senhor acha que podemos tê-lo em casa sem recêio.

— Pode. O que eu adimiro é a tua nora. Ela não o teme. Passou a nôite ao lado dele no hospital. Eu fiquei apreensivo. Ela... não. Eu adimiro-a muito.

O médico despediu-se dizendo que eles não mais iam precisar dos seus cuidados. Dona Celeste aproveitou o carro do médico para condusi-la até a sua ressidência.

E os dias fôram decorrendo sem confusôes. Marina e Renato não viajaram porque ela ficou gestante — que confusão na familia.

Sua sogra conféccionando agassalhos, e sua mâe fazendo progétos alegre porque ia ganhar um neto.

Renato ia para a farmacia de manhâ. Depôis ia assistir as aulas na faculdade. Ele não consultava sua mâe para nada. Era o dono esclusivo de suas ações. Não mencionava o nome de Rosa para não ferir a sensibilidade de Marina que lhe amava com ardôr. Não queria provocar-lhe ciumes. Tinha vontade de ver a tia Helena e o tio Raul e ver os filhos de Rosa. Dar-lhes presentes mas ficava indeciso pensando. Tinha recêio de ser mal recebido. Não devemos confiar nos recêios infundados. Convidou sua mâe e sua esposa e foram rever os parentes.

Dona Helena reçebeus amavelmente e ficou satisfeita com o restabelecimento de Renato. Porque lhe queria muito bem.

Ele ficou comovido com o fisico de Rosa. Estava aniquilada. Os cabêlhos grisalhos e as unhas ao natural sem esmalte.

Ele percorreu todas dependências olhando os retratos dos seus entes queridos que não mais existiam. Eu gosto desta casa.

171

Tenho gratas recordações. Foi aqui que começei sonhar. Era aqui que o vovô sentava para contar historias. Os contos historicos são habitos seculares que empolgam todas crianças. Marina sentou-se debaixo da parreira conversando com a Rosa. Renato pensava: Quem é pae um dia ha de ser avô. E eu, vou ser pae preciso ir apredendo contar historias para cativar o aféto dos meus nétos. Não tem valôr para os nétos, o vôvô que não sabe contar historias.

Renato foi conversar com a sua tia. Queria saber por onde andava as titias do Rio?

— Dizem que foram para a Europa. Elas são atabalhôadas. Dissipam a mocidade sem pensar no futuro. Elas trabalham no theatro.

— Eu vou dar-lhe o meu telefone da farmacia. Quando a senhora precisar de remédios telefona-me. Xaropes para as crianças pelo que vêjo eu sou o unico homem na familia. O tio Raul já está fatigando-se.

Ele entregou-lhe um cartãosinho.

Dona Helena serviu-lhes o chá.

Renato ficou horrorisado vendo os filhos de Rosa. Sêis filhos.

As sêis horas eles despediram-se e sairam. Renato foi o ultimo a sair. Deu cinco mil cruzeiros a sua titia. Ela abraçou-o comovida e disse-lhe:

— Oh! Renato. Foi Deus quem guiou-te até aqui. Você parece que adivinha. Eu preciso comprar sapatos para os filhos de Rosa que estão na escola. Eles são gémeos. E o que compra para um, precisa, comprar para o outro. Os geméos tem sensibilidade iguaes. A tua visita foi oportuna. Você é filantropico por natureza. A Rosa queria um casaco de pele você deu-a. Os teus gestos são elegantes. Você veio ao mundo para proteger as mulheres. Você ficou bonito.

Ele sorriu e despediu-se de sua tia dizendo-lhe:

— Quando estiver com faltas, avisa-me. E qualquer nôite venho convidar-te para irmos ao theatro.

Ela acompanhou-lhe até a porta. Ele entrou no carro e foi

guiando. Dona Helena foi comprar carne. E o jantar aquele dia foi reconfortante. Ela êlogiava o sexto sentido de Renato que percebia tudo.

— Ele não nos despresa. Para mim, foi so ele, quem veio visitar-me. Ele deu-me o endereço de sua farmacia. Não mais compraremos remédios. É uma despêsa a-ménos. O Renato foi enviado por Deus. Porisso que eu digo que devemos conservar as amisades.

Rosa ouvia em silêncio.

— Sabe mamâe, ele não comprimentou me! Será que está ressentido comigo!... Eu nunca lhe fiz mal! Ele convidou-me para fugirmos eu não açeitei para não maguar o papae e a senhora. A sociedade condena e critica os casamentos dessaprovados. E nos temos que nos submetermos as formalidades impôstas pelos os homens. A senhora o que me diz da indiferença dele?

Dona Helena coçou a cabêça confusa. Reçeiando um romançe entre Rosa e Renato. E quem sabe se por intermédio deste romançe surgisse um fruto.

— O Renato está doente. Deve ter olvidado que amou-te. Depôis a sua mâe estava presente. Deve ter advertido-lhe para não dizer-te algo.

— Quem sabe! Concordou Rosa olhando os seus filhos que estavam sentados ao redor da mêsa aguardando o jantar. Deve ser a Marina quem proibiu-lhe. Ela está sempre ao lado dele diariamente. Uma mulher habilidosa sabe predominar.

— Ela, tem todo direito. É sua esposa. Advertiu Dona Helena. Erguendo as sombrancêlhas demostrando presentimento.

— O que pretende você Rosa?

— Nada! É... que, revendo-o, o nosso passado ressurgiu. Sentindo a sua presença e saber que ele, não me pertence!... Ainda se eu tivesse o Joel ao meu lado! Um homem, nos faz olvidar o outro.

Ela deu um longo suspiro e dirigiu-se para o seu quarto. Ela estava confusa e triste com a sua condição de viuva sem recursos para manter os filhos. Ela foi ressidir-se com a sua mâe, e alugou a sua casa.

Ela que havia conhecido a opulência que o seu esposo prodigalisava-a achava insipida a vida atual. Chegou a conclusão que o Renato não era o causadôr da queda de sua vida.

O seu pae chegou e Dona Helena foi avisa-la que o jantar estava na mêsa.

Ela, preparou-se e foi ter com o seu pae que notou anormalidade no seu olhar. Não interrogou-a sabia que com o tempo tudo se esclarecia.

As crianças gostaram da refêição porque apreciavam carne. Contaram ao vôvô que a tia Emilia foi visita-las. E o homem deu-lhes dinheiro.

— O que é que as crianças querem revelar-me? Perguntou o senhor Raul Amaral com a voz cansada como se estivesse descontente com a sua existência atribulada.

Ele as vezes ficava ao lado da alegria. Mas eram por uns minutos apenas. E as vezes passava longa temporada ao lado da tristêza que ia avulumando-se cada vez mais.

— Recebemos a visita de Renato e a sua mâe. Ele dêixou o hospital e comprou uma farmacia. Ele deu-me cinco mil cruzeiros e dêixou o seu endereço para procura-lo quando estivermos em falta. E atualmente nós estamos com falta diariamente. A morte de Joel, foi um transtorno para nós. Suspirou o senhor Raul. Que ressignava com a vida. Mas não apreciava. Ele que conheçeu o seu lar fausto e farto e ver-se na misseria de um momento para outro estava aniquilado. E... os géstos de Renato são elegantes. Ele não gosta de maguar tem a finura de Espirito lapidado igual aos super-inteléctuaes que distingue os verdadeiros nessecitados. A Rosa não pode pedir auxilio nos nucleos sociaes filantropicos porque elas antes de nos dar o auxilio vem visitar a moradia. Se o lar é confortavel e deçente não é considerado dentro indigente quem solicitou o auxilio.

— É você tem razão meu velho! A Rosa é viuva de um médico e os lêigos pensam que os bons ventos favoreçem os doutores.

O Joel pedia me para expulsar o Renato. Faltou-me coragem. Se eu tivesse expulsado-o, ele havia de ficar ressentido conôsco. Ele é filantropico. Vou pedir a Deus, para duplicar-lhe a existência. Temos so dôis homens na familia, você... e ele. E estas crianças pequenas. E a Rosa que não tem oficio. As pessôas que tem oficio, vivem sem recêio da idade. São solicitadas e tratadas com adimiração.

— O melhor modo de criar um filho é ensinando-lhe um oficio. Concordou o senhor Amaral perpassando o olhar pela cosinha que era ao mêsmo tempo sala de refêiçôes. Temos que ensinar oficios a estas crianças. O Joel pretendia envia-los as faculdades. Varias vêzes ele citou suas pretensôes.

— Eu ouvi! Eu ouvi. Disse Dona Helena. Relembrando o seu genro que a morte havia arrebatado ha dôis anos. Para nós o Joel era utilissimo, será que para a morte ele tem alguma utilidade?

— Que sêi eu! Que sêi eu. A vida e a morte ençêrram misterio que o homem desconhece. E que tem hora que cansamos da vida. Será que os mortos cansam de estar mortos? O homem que suicida é o homem que cansou-se da vida.

— Oh! Exclamou Dona Helena abrindo demasiadamente os olhos. Você não está pensando em suicidar não é meu velho?

Ela aproximou-se inclinou-se e deu um bêijo no rôsto enrrugado do seu esposo.

Rosa ia entrando e sorriu, vendo a céna amorosa dos autores dos seus dias. Aplaudiu. Batendo palmas.

— Muito bem. Vocês estão demostrando que o verbo amar conserva-os no seu élo.

Ele ergueu os olhos fitando a sua filha que continuava sempre bela nos seus trages negros. A cor que simbolisa tristêza. Menéou a cabêça varias vezes porque percebeu que ela havia chorado. A lagrima é o comprovante de um desêjo suprimido. Algo que não conseguimos alcançar e que nos era indispensavel.

Rosa perpassou o olhar pela mêsa e o odôr dos quitutes era agradavel dava-lhe a impressão dos seus tempos prosperos.

Pegou a campanhinha e tilintou-a. As crianças surgiram e fôram lavar as maôs para jantar se.
Que alegria! Quando viram carne e batatas fritas. Humberto o mais velho da dupla gêmeos:
— O papae voltou mamâe? Com ele a comida era gostosa.
A pergunta de Humberto ficou sem resposta.
— A comida vae ser sempre assim?
Rosa agradecia ao seu primo por lhe porpocionar uns instantes de prazer aos seus filhos.
Quando Renato chegou na sua casa era outro homem. No tragéto ele ia pensando na educação dos filhos de Rosa.
— Vou adota-los no coração. Somos da mêsma genéalogia.
Conversava com sua esposa que citava suas pretensôes refirindo ao filho que estava acondicionado nas suas entranhas. Ele ouvia em silêncio respêitando o estado melindrôso de Marina. Mas não interessava por nada que surgisse dela.
Dona Maria Emilia estava reanimando-se com os modos cultos de seu filho. Pensava: A minha vida êsteve inclinada. Agora está equilibrando-se novamente.
Ela gastava com reflexão porque conhecia a luta dos que nada tem. E o pão nosso de cada dia nos acompanha enquanto vivemos. Ela queria repôr o que havia gasto com Renato no Hospital. Agradecia a sua nora por te-lo arrancado-o de-lá.
Renato estava prospérando na farmacia e nos estudos. Dava-lhe uma bôa quantia por mês porque apreciava as bôas iguarias. O carro de Marina estava ao seu dispôr. Ele não lhe permitia usa-lo devido o seu estado.
Ela e sua sogra passavam o dia confeccionando o enxoval do futuro hóspede. Comentava com sua sogra a transformação de Renato.
— Pareçe que todos nós somos atingidos pelos bons, e maus ventos. E o unico mêio, é tolerar-se.
Renato dizia: que a sua profissão não lhe permitia vir almoçar no horario destinado as refeiçôes. Ele arranjou este pretexto para ter tempo de ir onde desêjasse.

Ele deixava a farmacia aos cuidados do empregado ia visitar sua tia Helena.

Levava docês para as crianças que ficavam contentes sorrindo-lhe e contemplando-o com adimiração e dizia-lhe:

— O papae era assim! Foi o papae quem pidiu-te para comprar docês para nós?

— Não. Eu compro, porque vocês são meus primos. Mas eu gostaria que envez de primos, vocês fossem meus filhos. E eu lutei, para que isto fosse realisado.

— Oh! Renato, tem hora que o senhor fala coisas que nos não compreendemos. Você compreendeu Carlos?

— Eu compreendi: ele é quem queria ser o nosso pae.

— Então você quiz casar-se com a mamâe?

Ele saiu bruscamente da sala e foi procurar sua tia. Rosa quando via ocultava-se por detraz das cortinas. Observando os seus modos cativantes com seus filhos. Levando-os de automovel para passear. Eles voltavam comentando que passaram no tunel.

E as crianças estavam habituandas andar de carro. Quando saiam de onibus ou de bonde, protestavam que os veiculos eram lentos.

Rosa ficava-lhe grata e apreensiva: e quando ele não mais aparecer. Os meus filhos hâo de reclama-lo. Hâo de chorar. Quando nasçêr o seu filho... ele ha de olvidar os meus.

Ele passava horas e horas ao lado do seu tio jogando xadrez. Mandava comprar guaraná e cerveja para eles. Quantidade fabulosa que dava para eles bebêr toda semana.

Enquanto jogavam o seu tio Raul ia citando-lhe suas pretensôes que a casa era pequena. Ele, se pudesse construia um quarto a mais por causa das crianças e pintava a casa. Que é horrivel a existência com dificuldade. Para mim a dificuldade, é o espinho da vida.

Ele ficava satisfêito, porque o seu tio dava-lhe chanse de ganhar as partidas. E ele, ficava convencido que era um heroi. Quando ele ouvia a voz de Rosa dizendo aos filhos que estava na hora de ir dêitar-se, ele ficava triste. Voltando a realidade do seu sonho de heroi.

Porque se ele, fosse um heroi teria conseguido alcançar o seu obgetivo na vida. Casar-se com a Rosa ou então ficar livre para sempre. Ele olhava o relógio e despedia-se. Antes de entrar no carro ele voltava a olhar para aquela casa que facinava lhe tanto como se fosse uma joia que contemplamos atravez dos vidros de uma joalheria. Se aquela casa fosse a lêilão, ele remata-la-ia por qualquer prêco. A casa onde resside-se a mulher que amamos é um verdadeiro excrinio.

Somos escravos de tudo que desêjamos possuir. Ninguem é livre neste mundo. Ha diversas especies de escravidôes. Meu Deus meu Deus! Meu Deus! Levava as mâos a cabêça como se seus cabêlos lhe encomodassem. Eu não me conformo com esta inquietação interior que vae avulumando-se cada vez mais. Tenho a impressão que sou uma nuvem girando no espaço procurando um lugar do meu agrado para estacionar-me. Todo homem no mundo é um caçadôr de coleções. Todos procuram algo neste mundo. E, tudo que ha no mundo tem apreciadôr. Até os astros la distantes tem quem os aprécia. Os poetas apreciam as estrelas, as flores, e as nôites de luar. Ha os que amam quadros musicas e as viagens no hemisfério. E o meu sonho?

Era ser o espôso de Rosa. Uma casa e varios filhos.

E há quem diz que as mulheres são todas iguâes. Não é verdade. A Rosa tem filhos. A Marina não tem. A presença de Rosa reanima-me. Rejuvenesço quando vou na casa de titia. Ela oculta--se quando percebe que estou lá. Quando estamos na mêsa eu não digo que nada. Finjo que não perçêbo a tua presença.

E se alguem lhe pedir casamento e ela açêita-lo? Ela é livre!

Ela é uma pedra preciosa que lutei para adiquiri-la e não tive posses. O que dêvo fazer para possui-la? Quem me dera ver os nossos corpos unidos. O que dêvo fazer para atrai-la. Eu não sei magnetismo! Não sei seduzir.

Meu Deus! Que loucura! O que estou pensando não pode ser pôsto em pratica. Se eu agir com a Rosa como estou pensando ela transforma-se em merétriz. E na nossa familia, não existe estas atrizes. E a Rosa tem filhos. Tem que dar-lhes bons exemplos.

Ele, dava um longo suspiro e ligava o motor do carro. As ruas estavam livres ele chegava logo na sua casa. Marina pensava: Onde será que ele passa a nôite? Ela compreendia que ele esforçava para agrada-la. Não fez alusôes quando ouviu a sua voz nos discos. A unica esperança de Marina era o filho. Ela acariciava o ventre e conversava com o filho.

— Eu preciso de você meu filho! E por seu intermédio, que o teu pae vae amar-me. Para ele, a mulher infertil, não é mulher. Em tudo, eu levo desvantagem com a Rosa. Ela, teve filhos duplo. E eu nenhum. Ela tem quatro filhos. Quando o Renato olha aquelas crianças pôe ternura no olhar. Ele, nunca olhou-me assim. So depôis que erramos é que conhecemos a extensão do erro. Eu não devia ter me casado com o Renato. Ninguem sabe refletir antes do erro. O Erro, é um professôr que esclareçe todos os angulos.

Quando ele dêitava ao seu lado ela perguntava-lhe:
— Você quer café?
— Não. Obrigada. Você sabe que eu aprendi fazer café?
— Ate eu sei fazer café. Qualquer lêigo faz.
— Mas, eu nunca fiz café para você.
— É porque não quer.
Ela sorria.
— Amanhâ vou fazer!
— Não. Porque eu não vou consentir que você dêixe o lêito as sete horas. O teu estado requer repouso. O periodo de gestação é critico. Ninguem sabe se o feto dessinvolve normalmente.

Marina estremeçeu como se as palavras de Renato profetisasse um aborto. Ê ela precisava daquele filho porque não queria ser inférior a Rosa. Pretendia fazer tudo para competir-se. Ambicionava ter trigémios.

Vendo-a estremeçer Renato acendeu a luz para fita-la perguntou-lhe o que havia.
— Você está sentindo algo?
Abriu a gavêta do criado mudo e ritirou o termometro para ver se ela estava com febre. Examinou-lhe o pulso. Estava acelerado. Ela estava palida.
Ele estreitou-a nos braços e bêijou-lhe as faces descoradas. Ela dêitou-se nos seus braços e adormeceu. Ele ficou pensando na sua vida que era igual uma batalha que a gente tem um horrôr mas não podemos abandona-la para não sermos tachados de covardes. Não sêi como classificar-me na vida! Heroi é que eu não sou.
O relogio badalou trêis vezes. E o sono, ainda não havia maniféstado. Sua esposa estava dormindo tranquila e ele, invejava aquela tranquilidade. Cada minuto, parecia um seculo. O lêito é delicioso quando dêitamos e adormeçemos logo.
Mas, para Renato que estava angustiado era-lhe insuportavel. Reanimou-se mais um pouquinho quando ouviu os gorgêios das avês entôando seus cantos maravilhôsos prestando real homenagem ao novo dia que vinha surgindo. Condusindo tudo preparado para o seu feriado de dôze horas. E o dia no seu periodo apresenta cénas variadas comicas e dramáticas. E as vêzes, pungentes. Cada hora do dia, é dessignada com um horoscopos. E num dia, nasce bons e maus. Felizes e infelizes. Eu, sou um dos infelizes. Dêixou o lêito vestiu-se e saiu. Ritirou o carro da garagem dirigiu-se para a casa de sua tia.
— Bom-dia titia.
— Bom-dia Renato!
— Quer tomar café?
— Quero sim senhora. Eu dêixei o lêito dirigi pra cá. Estou com fome. Eu gosto muito da senhora. E se eu pudesse morar aqui... Dêsde menino, desêjei morar aqui. Se mudasse a direção do sol, ele havia de revoltar-se. É o que fizeram comigo.
Dona Helena serviu-lhe o café com bolinhos de fubá e disse-lhe:

— É o que temos. Com a morte de Joel a nossa vida transtornou-se. E a Rosa, é quem sofre!
Renato sobressaltou-se. Sua tia perçebeu e ficou préocupada.
— Ela quer falar-te.
— Comigo titia...
— Com você Renato.
— O que será que ela quer de mim!
— Quer pedir-te um favôr.
— Dêsde já, estou as ordens. Eu ainda não sêi o que é. Mas um desêjo seu, não ha de ser obstaculo para mim.
Os filhos de Rosa invadiu a cosinha e pediram pão.
— Da vovó! Dá.
Renato olhava aquela cena com inveja. O seu olhar ia pausando nos rôstos das crianças. Quando Humberto viu, sorriu-lhe.
— Bom-dia Renato.
— Bom-dia Humberto.
— Como vae nos estudos?
— Vou indo bem. Quero estudar para ir trabalhar. Aqui é so o vôvô quem tra[ba]lha. Eu estou cansado de ver a mamâe chorando. Depôis que você voltou ela chora o dobro.
— Cala a boca Humberto! Porque é que você não faz as suas liçôes. Ja está na hora de ir a aula. Imita o Henrique. Ele vê, e não fala.
— Ora vovô! O Henrique é o Henrique. E eu, sou eu!
— Vocês são gemeos.
— E porque somos geméos temos que ser iguaes?
— Assim dizem os cientistas. Não é Renato?
— Eu não sei titia. Não tomei conhecimento de nada que relaciona com os gemeos. Eu não reçebi estes hospedes no meu lar. Eu não vou acariciar um filho nos meus braços.
— Ora Renato. Que dessilusão é esta. A tua esposa vae ser mae.
— Ela é fraca. É diferente da Rosa, e da senhora.
— É diferente em tudo. Concordou Dona Helena. É rica, é artista, é bonita. É a prediléta de tua mâe.

Os olhos de Renato fixou-se na porta do quarto. Ele ouviu ruidos. Era o seu tio Raul.

— Vim desperta-lo titio!
— Bom-dia.
— Bom-dia Renato. Você deixa o lêito cedo demaes. O que aconteçeu por lá?
— Nada. É que eu gosto d'aqui. Aqui tem tudo que eu gosto. A titia, o senhor, as crianças.

Quando ele ergueu os olhos a Rosa estava na porta do quarto olhando-o.

— Bom-dia Rosa!
— Bom-dia senhor Renato. Eu quero pedir-te um favôr. Se não for possivel, você avisa me.

Humberto bêijou-a, disse-lhe que já estava na hora de ir a escola.

— A senhora dêixa o Renato nos levar?

Rosa alisou os cabêlos de Humberto e sorriu.

— O Renato não é meu! O Renato é de Marina.
— Que bom se o Renato fosse o meu pae!
— Você me quer bem Humberto?
— Quero. Eu gosto de tudo que a mamae gosta. E ela, gosta de você.
— Cala a boca Humberto!
— Você está vendo Renato? Aqui é assim: o dia todo: cala a boca Humberto! Eu não posso dizer nada!
— Vae a escola! Ordenou Rosa com as faces vermelhas. Você é a gazêta do lar.

Renato levantou sorrindo e disse-lhe:

— Não fiques triste Dona Rosa. Eu vou levar os nossos filhos a escola.
— Nossos filhos Renato?
— Os teus filhos Rosa! Perdôa-me o engano. Amanhã eu volto para saber em que dêvo auxiliar-te.

Os meninos fôram correndo e entraram no automovel.

Ela seguia as crianças gritando com eles:

— Não faça travessuras Humberto. Que meninos meu Deus! O vento penetrou-se com impeto fechando a porta da cosinha. Ela ficou sosinha com Renato ouvindo as crianças falar dentro do automovel.
Renato abraçou-a dizendo-lhe:
— Minha querida! Meu amôr, meu tessouro.
Separaram-se rapidamente com reçêio de ser surpreendido.
Ele dirigiu-se para o automovel ela acompanhou-lhe recomendando cuidado:
— Pareçe que os atropelamentos nos persegue.
Ele abriu a carteira e deu-lhe dez mil cruzeiros.
— Oh! Renato. Eu não sei se dêvo açêita-lo.
— Você tem filhos. E não tem quem auxilia-te. E eu posso auxiliar te, o meu sonho era cuidar de você. E você vae ser minha um dia.
— Obrigada Renato. Vae levar os meus filhos. Quando voce tiver tempo, venha quero falar-te. Para você... eu hei de ter tempo.
Ele, apertou a mão que ela estendeu-lhe e tocou o carro. Ela ficou olhando o carro distanciar-se. Guardou o dinheiro no bolso agradeçendo a Deus. A visita de Renato foi uma salvação para ela que estava precisando de um par de sapatos. Ficou pensando como é que havia de gastar aquele dinheiro sem a sua mâe perceber. A vida tem suas formalidades de um gêito, ou de outro.
Renato voltou a ocupar o seu pensamento. E as suas palavras circulando no seu cerébro. Você vae ser minha um dia. Ainda se ele fosse livre! Ela foi tomar café reanimada. O dinheiro que o Renato deu-lhe teve efêito de um calmante. Olhando aqueles bolinhos de fuba ficou triste, não habituava com a deficiência. Ficou pensativa acondicionando seus pensamentos que estava lhe causando inquietação.
Que dificuldade para encontrar um mêio de utilizar o dinheiro. Não tinha ninguem para pedir uma sugestã. Quase tudo na vida tem que ser em conjunto para ser mais suavel.

Olhava sua mâe circulando pela cosinha com seu avental azul e suas mêias desparêlhada. Disse-lhe:

— Eu vou vender uns aparêlhos do consultorio de Joel para comprar mais alimentos para as crianças. Eu vou sair. Não vou encontrar dificuldades porque todos sabem que sou a esposa de Joel.

Esperou uma resposta de sua mâe! Nada. O silêncio de sua mâe era um comprovante que ela devia agir.

Trocou-se e foi ao emporio. Comprou cinco mil cruzeiros em genéros. Pediu-lhe para ir leva-lo em casa.

Dona Helena ficou perplexa e confusa. E emôcionada.

— Para mim isto é uma surpresa! Mas, é tão bom ter fartura. A pior coisa na vida, é levantar, e não saber o que havemos de comêr! É isto que nos envelheçe depressa.

Começaram guardar os genéros nas latas. Rosa ligou o radio e disse que ia fazer o almoço. Bêijou o rôsto maturo de sua mâe. Seus ólhares encontraram se elas fitaram-se.

— Eu já estou velha minha filha.

— E eu estou envelhecendo dona Maria Helena. Sorriram.

— O que é que você vae pedir ao Renato?

— Para vender o consultorio de Joel. Aquelas peças podem enferujar-se.

— É... você está certa.

As crianças retôrnaram-se da escola. Contentes. Enquanto iam despindo-se contavam que o Renato havia comprado doçês. Quando Rosa serviu almoço os olhos de Humberto circulou pela mêsa. Olhando tudo aquilo com prazer e curiosidade.

Perguntou:

— Foi o Renato quem deu dinheiro?

Rosa sobressaltou-se. E o seu olhar foi fixar no rôsto de sua mâe que ficou palida como se tivesse visto algo sobrenatural. Ela deu um suspiro e foi para o seu quarto.

Humberto ficava furiôso quando suas perguntas ficavam sem resposta. O olhar que a sua mâe dirigiu-lhe fez compreender lhe que devia silênciar-se.

— A vovó ficou triste mamâe?
— Você viu! Você dêixa todos tristes.
— Eu? Porque?
— Porque é inconviniente. É um intermédiario indesêjavel.
— O que foi que eu disse?
— O que não devia dizer.
— Se a senhora não gosta de mim eu vou ficar com o Renato. Ele gosta de mim! Está sempre alegre contando-me historias. Ele diz que eu sou o representante da inteligência. Que ele vae pagar os meus estudos. Que, na nossa familia ainda ha de ter um médico. Que ele falhou. Mas eu hei de vencêr. Ele ensina-me fazer contas. Ele disse-me: Eu trato-te bem, porque voçe é filho da Rosa. Quem gosta da mâe, gosta do filho. Quer dizer que ele gosta da senhora.
— Vae, ou não vae parar com este discurso?
— Está bem mamâe. A senhora repreende so eu! Diz que sou inférior. Mas a professora diz que eu sou um detetive. Os outros meninos olham-me duvidando. Eu quero crescêr. Quero trabalhar e ter muito dinheiro, igual ao Renato. Ele compra tudo que desêja. Eu disse-lhe: que queria ser igual a ele.
— E ele? O que respondeu-te? Quiz saber Rosa anciosa e curiosa.
— Disse que não é feliz!
— Ele tem automovel tem dinheiro, e uma casa bonita, tem a farmacia. O que será que lhe falta?
— Ele disse que não tem ação para conseguir o que quer.
As crianças sorriram animadas quando viu o senhor Raul Amaral entrar na cosinha.
— Senta perto de mim vovô.
Ele ficava contente com o acolhimento gentil e por uns momentos olvidava os infurtunios que enlaçava a sua existência igual a herva quando vae elancando-se num tronco. Perpassou o olhar pela mêsa e convençeu-se que aquela refêição de gala provinha da prodigalidade de Renato. Perpassou o olhar pela cosinha e o olhar foi até ao quintal procurando aquilo que era

seu. Que ocupava um lugar de honra na sua mente: sua esposa. O seu coração ficou inquieto avulumando-se no pêito presentindo alguma revelação funesta. Ela está sempre aqui quando eu chêgo. Ela aguarda o meu retorno com impaciência. Olhando o relógio.
— Onde está tua mâe Rosa?
— Está no quarto.
— Vou vê-la. Tua mâe, é preciosa. Precisamos conserva-la. O nosso dinheiro é escaso. E ela duplica-o. Será que a fatalidade está nos esprêitando?
Encaminhou-se para o quarto e abriu a porta.

NINGUÉM É LIVRE NA SALA DE VISITAS

*Fernanda Silva e Sousa**

A vida e a morte ençêrram misterio que o homem desconheçe.

Carolina Maria de Jesus

Em uma de suas icônicas entrevistas na televisão, em 1998, a escritora afro-americana Toni Morrison, então mundialmente reconhecida após ter ganhado o prêmio Nobel de literatura de 1993, foi questionada pelo entrevistador Charlie Rose sobre quando suas obras deixariam de ser centradas na ideia de "raça".[1] Ofendida com a pergunta, que insinuava que escrever obras protagonizadas por personagens negras, como ela fizera até então, significava escrever sobre raça, como se apenas os negros fossem racializados, Morrison responde que não há limites na arte e que poderia escrever sobre pessoas brancas se quisesse. No entanto, ela afirma que a pergunta nada tem a ver com imaginação literária, pois jamais perguntariam a um escritor branco quando ele começaria a escrever sobre pessoas negras. Segundo a autora, toda a sua jornada na literatura se baseava em não se deixar capturar pelo olhar branco, como se a vida negra não tivesse sentido e profundi-

---

* Fernanda Silva e Sousa é nascida e criada no Itaim Paulista, extremo leste da cidade de São Paulo, filha de dona Maria Helena e seu Gerson. É bacharel e licenciada em letras pela USP, onde atualmente é doutoranda em teoria literária e literatura comparada, desenvolvendo uma pesquisa sobre os diários de Lima Barreto e Carolina Maria de Jesus com fomento da Fapesp. É tradutora, crítica literária e professora, cuja atuação gira em torno de temas como literatura de autoria negra, pensamento radical negro e as relações entre raça, literatura e escravidão.

dade em si mesma. Tratava-se, portanto, de uma escolha consciente — focalizar a vida negra — no universo infinito de possibilidades que a literatura oferece, rejeitando a representação hegemônica de personagens brancas e seus dramas na literatura, bem como a reprodução e a manutenção de estereótipos raciais.

Pensando nisso, é fácil criar a expectativa de que o romance *O escravo*, da escritora mineira Carolina Maria de Jesus — que ganhou notoriedade mundial na década de 1960 como a mulher negra "favelada" que escreveu um diário, publicado sob o título *Quarto de despejo: Diário de uma favelada* —, trata de uma história ambientada no período escravista ou protagonizada por um homem negro que vive em condições análogas à escravidão no pós-abolição. Afinal, sendo Carolina uma escritora que não poucas vezes se afirmou como negra em seus diários e teve sua cor acoplada ao seu nome em muitas das matérias de jornal — era chamada de "negra Carolina" ou "negra favelada" —, suas histórias também só podiam ser protagonizadas por negros.

Mais do que isso, a ela caberia seguir escrevendo apenas diários, embora fora da favela sua vida já não fosse mais interessante e politicamente útil aos olhos de muitos e, sobretudo, ela mesma não apreciasse tanto esse gênero, como evidenciam vários trechos do segundo volume da edição recente de *Casa de alvenaria*, diário que cobre sua mudança para a cidade de Osasco e depois para o bairro de Santana, em São Paulo.[2] Seu foco não era escrever diários, mas romances, peças e poemas, e Carolina se empenhava — com dinheiro tirado do próprio bolso, inclusive — para fazer outras obras suas virarem realidade, como o livro *Provérbios* (1963) e o romance *Pedaços da fome* (1963).

Como alguém que, na infância, ao aprender a ler e escrever, descobriu que a leitura ampliava os limites do seu mundo e percebeu que ele era muito maior do que Sacramento, sua cidade natal em Minas Gerais, Carolina, grande leitora de clássicos da literatura brasileira — como *A escrava Isaura*, de Bernardo Guimarães, o primeiro romance que leu —, também entendeu, na toada de Toni Morrison, que não havia limites para a imaginação literária, autorizando-se, portanto, a escrever sobre quem e o que quisesse, inclusive sobre pessoas brancas, para quem desde cedo trabalhara nas fazendas de Minas como lavradora e depois nas casas de famílias abastadas de cidades do interior de São Paulo. Se os brancos eram os donos das terras e os donos do mundo, instâncias organizadas por e para eles,[3] foi por meio da literatura que Carolina pôde contar suas histórias de outra maneira, desestabilizando assim seu senso de superioridade e traçando, narrando e definindo seus medos, angústias, destinos, sonhos e desejos.

Nesse sentido, tendo adentrado a sonhada *sala de visita* da sociedade brasileira depois de ter saído do *quarto de despejo* da cidade de São Paulo — termos utilizados por ela para se referir, respectivamente, aos espaços da elite e da classe média e aos espaços relegados aos pobres —, deixando para trás a favela do Canindé, onde se sentia, como registra em seu diário, uma *escrava* do custo de vida e da fome, Carolina passa a frequentar espaços da classe média alta e da elite paulistanas, de maioria branca, e nota que ser branco e ter dinheiro não significam ser livre. Pelo contrário: como escreve o narrador de *O escravo*, "Somos escravos de tudo que desêjamos possuir. Ninguem é livre neste mundo. Ha diversas especies de escravidôes". Em *O escravo*, ninguém é definitivamente livre, uma conclusão a que podemos chegar ao terminar de ler o livro.

Sem se apoiar em uma racialização explícita das personagens, Carolina retrata os dramas e os embates de famílias brancas de classes sociais distintas,[4] a de seu Pedro e a de Maria Emília, cujos caminhos se cruzam a partir de matrimônios atravessados por relações de poder e interesse. Ali, a única relação de amor que parece verdadeira, a de Renato e Rosa, não termina em casamento, mas em tragédia. É como se o amor não pudesse existir nos termos de um matrimônio que, no âmbito do romance, se mostra muito mais um "negocio monêtario" do que um "negocio espiritual", na contramão dos valores e crenças de seu Pedro, pai de Maria Helena e Roberto, que elenca seu casamento com sua falecida esposa como um modelo a ser seguido.

Iniciando o romance a partir da dimensão da perda, quando visualizamos a enlutada Maria Helena, recém-órfã de mãe, se olhando no espelho ao som de um relógio badalando, Carolina já apresenta um traço que vai acompanhar a linguagem de toda a obra: a aproximação entre os sentimentos das personagens e fenômenos da natureza. Assim, ao ver seu reflexo, Maria Helena, devastada pela perda recente da mãe, Dona Rosa, "tinha a impressão de ser uma arvôre atingida por um vendaval que arrebatara todas as folhas dêixando-a nua no inverno". Sem um arco narrativo no romance, Dona Rosa aparece de maneira idealizada nas lembranças do marido, que afirma que ela não sabia "protestar": sempre obedecia a ele, sem nunca responder. Maria Helena, a filha mais velha, era, por sua vez, uma "cópia" dela, o que sugere, já no início da obra, os valores machistas que sustentavam a idealização do papel de esposa, recorrentes ao longo da trama. Com a morte da mãe, a primogênita precisa, então, interromper os estudos para cuidar dos irmãos mais novos, entre eles Roberto, que também abandona a escola para começar a trabalhar e a ajudar em casa. No entanto, antes de qualquer homem, era o estudo a grande paixão de Maria Helena, como mostra o seguinte o trecho, no qual ela conhece Raul, seu futuro esposo e então estudante, no casamento de Roberto com Maria Emília:

> Quando ele disse que era estudante, e que pretendia formar-se, ela pôis os olhos no solo.
> Ele perçebeu que havia algo préocupando-lhe. Interrogou-a.
> — O que se passa? Eu disse algo que maguou-te?
> — Mencionaste algo que eu desêjei e não consegui.
> — Não fiques triste Helena. Êxiste varias pessôas que encontram habismos na vida. Se estiver ao meu alcance, terei imenso prazer em auxiliar-te. Amou alguem e não foi correspondida?

— Amêi o estudo. E não pude estudar. Êxiste desêjos que não médram. Mas eu ja estou ressignada.

Seu encontro com Raul não é marcado pela paixão, mas pela aguda consciência da impossibilidade de viver o sonho de estudar. Crescida em uma família pobre e sem a presença materna, cabe a Maria Helena seguir os passos da mãe, tão venerada pelo pai, para quem a boa esposa deve ser confinada ao lar e obediente ao marido. Diante do desalento dela, Raul sorri e responde: "começo adimirar-te porque acho bonito quem sabe conformar-se", sem demonstrar qualquer apoio ou consideração aos sonhos de Maria Helena, num contexto em que ela deveria ser — obrigatoriamente, diante de suas condições — uma mulher do lar. Além disso, órfão de mãe desde um ano de idade, Raul ainda diz que ela substituirá a figura materna que nunca teve, conferindo-lhe um lugar ainda maior de cuidado e afeto. Casar-se com Raul era, nesse sentido, construir uma vida abdicando do anseio de viver outra, que se afigurava cada vez mais distante, pois a necessidade toma, muitas vezes, o lugar do sonho. Não é muito diferente o que acontece com sua filha Rosa, fruto do casamento com Raul, quando esta compartilha com Renato, então seu noivo, seu sonho de ser pianista:

— Eu vim convidar-te para irmos ao theatro.
— Eu vou estudar.
— Ja sei. O teu pae disse-me que você está estudando o corte e custura.
— Eu queria ser pianista. Mas os desêjos dos pobres estão nos picos e é muito dificil para escalar-se.
— Não lamenta! Voce deve ambicionar so o que está nas possibilidades. Eu tenho pavôr das mulheres insatisfêitas. São pessimas companheiras e ficam azucrinando o homem. Eu quero isto! Eu quero aquilo. Eu quero ter o meu lar para eu viver como eu quero!

Sem recursos suficientes para estudar piano — diferentemente da "arquimilionária" Marina, futura esposa de Renato —, resta a Rosa ser costureira, uma ocupação braçal e sem prestígio, demonstrando assim ter consciência de classe sobre os limites dos seus olhos. Renato, por sua vez, filho da união entre Roberto e a abastada Maria Emília, também não apoia Rosa e recrimina sua queixa, aconselhando-a a rebaixar suas ambições, deslocando o foco da insatisfação dela para o "pavôr" que sente de mulheres insatisfeitas. O desejo não só dela, mas também de todas as mulheres, não teria lugar, uma vez que ser uma boa companheira é viver para o desejo do homem, que não pode deixar de ser satisfeito e bem servido, como ele diz em outra passagem:

> Domingo eu venho almoçar aqui, e você é que vae preparar o almoço. Quero ver se voce sabe cosinhar. Depôis que eu me formar pretendo casar-me com você e quero ir conheçendo tuas habilidades. Um homem sabendo que a mulher que ele vae casar-se é caprichósa.

Bastante reativa, a resposta de Renato representa uma das tensões que animam o romance: o medo dos homens de ser dominados pelas mulheres que têm dinheiro e que poderiam, portanto, em certa medida, ser independentes. Casar com mulheres sem posses e sem estudos era a garantia da manutenção do poder masculino, que se fragiliza quando a união se dá com uma mulher rica ou que tem mais dinheiro do que o homem, como é o caso de Maria Emília em seu casamento com Roberto. Não à toa, essa possibilidade é tão aterradora que se aproxima da *escravidão*, de modo que a falecida esposa de seu Pedro é também elogiada por não ter tentado "escravizá-lo".

Se num primeiro momento podemos pensar que Roberto é vítima de caprichos, mandos e desmandos de Maria Emília, assim como Renato também é vítima do controle e da manipulação da mãe, não se pode perder de vista o lugar de cuidado e submissão destinado às mulheres na sociedade, mas também, e sobretudo, o fato de que os homens não deixam de ser agentes e sujeitos de suas vidas, que são construídas, muitas vezes, com base no sacrifício dos desejos e sonhos das mulheres. Longe de apresentar uma visão ingênua ou idealizada do casamento, Carolina vai mostrando em *O escravo* como o matrimônio não é exatamente sobre amor, tampouco sobre o amor romântico, na medida em que não está imune ao poder do dinheiro e é passível de se configurar como um projeto de enriquecimento mútuo.

Sob essa perspectiva, a recusa do casamento entre Renato e Rosa por parte de Maria Emília é, sobretudo, uma recusa de classe, uma vez que Rosa era "primaria" e "doméstica" e "chumbo com chumbo não forma joia". Do mesmo modo, a imposição do casamento com Marina é também marcada pela dimensão de classe, uma vez que ela é rica. Nesse universo, é no poder — depois assimilado e sentido como ilusão — do dinheiro que uma mulher como Maria Emília se apoia para ter voz como esposa e como mãe, a ponto de ameaçar deserdar o filho caso continuasse insistindo em se casar com Rosa, que só pode estar "farêjando o rostro" de Renato por interesse. Tudo parece, assim, se tratar de dinheiro, não de amor. Renato, apesar de perdidamente apaixonado por Rosa, desiste do casamento quando recebe a ameaça de ser deserdado pela mãe, deixando de fugir com a noiva — como depois se dá conta de que era uma possibilidade — ou de bater de frente com Maria Emília. Ele então aceita se casar com Marina e aprende a fingir e a carregar o "fardo de mil tonéladas" que esse casamento representa, enquanto Rosa se desespera e adoece, antes de se envolver e se casar com Joel, amigo de faculdade de Renato.

Rosa, por seu turno, também tem essa consciência. Embora fosse apaixonada por Renato, a paixão não eliminava seus maus presságios de um relacionamento que era fadado ao fracasso por se basear não em uma relação monetária, mas em um tipo de amor que só podia ser plenamente vivido no coração e no pensamento, sem que ainda se interpusessem os papéis de gênero e os valores que Renato, inspirado em seu Pedro, queria adotar. É o que podemos ver em suas reflexões após ter ido a um baile com Renato e ser maltratada pela tia Maria Emília, contrariada:

> Encostou-se na porta e ficou pensando: Se eu pudesse ritirar o meu primo do meu pensamento!... Pareçe que a sua imagem está colada na minha mente. Eu quero esquecê-lo e não consigo. Tenho a impressão que entre nós ha um habismo intranspunivel, e nós estamos vis-a vis sem poder nos dar as mâos. O habismo, é a titia.
> Começou chorar! A fésta esteve otima. Mas as palavras duras de sua tia, foi igual um vendaval despetalando as rosas de uma rosêira. Eu queria e quero levar uma vida deçente, isenta de sacrificios.

Obcecada pelo primo, Rosa não apenas sabe que o amor não é suficiente, mas que essa é também uma batalha quase impossível de vencer, afinal, "A titia era a minha adversaria. Eu e ela, estavamos vis a vis lutando. Ela com uma espada, e eu, com um canivete". Ao criar essas imagens, Carolina aprofunda o embate desigual de classe entre mulheres brancas que, no contexto de uma sociedade capitalista, podem não construir uma relação de solidariedade. Ainda que assombrada pelo iminente fracasso da relação, nesses momentos de discurso indireto livre o narrador mergulha no pensamento das personagens e dá à linguagem contornos dramáticos, quando parecemos ora estar diante da cena de uma tragédia, ora diante de uma cena idílica de amor que possibilita momentaneamente sonhar com um final feliz. Nesse caso, a diferença de classe, uma realidade incontornável com a desaprovação de Maria Emília, cria uma cisão entre Renato e Rosa, postergando cada vez mais o dia em que eles poderão dar as mãos e dançar a valsa do sonhado casamento.

Porém, abismo maior em *O escravo* parece ser o universo solitário, triste e trágico no qual as personagens do romance são lançadas ao tomarem consciência dos limites do dinheiro e das más escolhas feitas ao longo da vida, quando a ilusão de controle sobre a própria história é muitas vezes desafiada ou até mesmo desfeita. Os conflitos e as tensões em torno da questão do casamento escondem, por exemplo, medos e fragilidades profundas de quem tem seu ideal de vida — esse valor tão importante para Carolina — baseado apenas no outro. Maria Emília, ao se tornar mãe, projeta no filho seus próprios valores, desejos e crenças, como se ele fosse um "membro" do seu corpo que deveria estar sempre em sintonia com suas vontades. Ela busca construir "um roteiro de viludo adornado de flores" para o filho, sem deixar que ele escreva o roteiro de sua própria vida, com todos os erros que poderia cometer. Renato deveria, assim, viver os sonhos de Maria Emília, não os seus, abdicando de seus desejos em prol das pretensões fidalgas da mãe, que tinha medo de se tornar indigente e projetava no casamento do filho com uma milionária a garantia de uma vida confortável e luxuosa, que lhe conferiria certo senso de superioridade. Julgando que podia moldar o filho, sem deixá-lo amadurecer com base nas próprias escolhas e erros — como seu Pedro fez com Roberto ao não se opor ao casamento com Maria Emília, apesar de não ter gostado dela —, a mãe de Renato deixou de moldar a si própria, investindo demais no lugar da maternidade, sem trilhar um caminho para si que não dependesse tanto do marido ou do filho.

Podendo ser facilmente vista como a grande vilã do romance, Maria Emília é mais uma mãe endinheirada que, acreditando quase poder comprar a felicidade *do* e *para* o filho, aprende a duras penas que tentar viver a vida do filho, tomando as decisões por ele, é o "pior dessastre" que ela poderia causar. Depois de realizar o que desejava — separar o filho de Rosa e vê-lo casado com Marina —, seu palacete se torna um "palácio da tristêsa", atingido pelo paulatino desmoronamento do seu mundo particular e pelo adoecimento do filho, que se torna um "candidato a loucura", pondo em risco o sonho de ter um filho doutor. O destino é, como numa tragédia grega, implacável com o seu erro. Segundo o narrador, ela mesma empacotou as remessas de aborrecimentos que recebia semanalmente, vendo-se "à beira do abismo/ Abismo que cavaste com teus pés", como cantaria Cartola em "O mundo é um moinho", ao se reconhecer como parte do sofrimento do filho, que vai parar no Hospital Psiquiátrico do Juqueri, em São Paulo.

Sem vilanizá-la, o narrador nesse momento parece se compadecer com a dor de uma mãe que julgou estar fazendo o melhor para o filho, sem saber que preparava o caminho para a sua ruína: "Em qualquer circunstancia, é horrivel separar-se de um filho. Tinha a impressão que estava extraindo, o seu coração. Quando chegou ao hospital ela fitou-o longamente. Achando-o tristonho". Não bastasse essa ruptura, Maria Emília ainda se torna viúva de forma repentina, passando a viver a solidão que tanto temia, mas que tanto procurou ao se guiar apenas por suas ambições e caprichos, sem dialogar com o filho ou com o marido. Quando desabafa, após saber da morte do marido ("Oh! Meu Deus! Eu não inclui a visita do infurtunio nos meus sonhos"), Maria Emília revela o desengano de quem, apoiada no dinheiro e na ilusão de poder, se julgava protegida do sofrimento de que ninguém está livre.

Por seu turno, Roberto se vê, desde o início do romance, em posição de inferioridade e submissão em relação à esposa, ou "predominado" pela mulher, vivendo uma experiência muito distinta da que seu pai teve com sua mãe. No começo do relacionamento, é a riqueza dela que o envaidece quando ganham do sogro um palacete e um carro após se casarem, passando a viver uma vida boa e confortável. Porém, para seu ideal de masculinidade, inspirado na figura paterna, a vida de conforto mostrou-se insuficiente, porque não conseguia se afirmar como homem sem se basear no que, diferentemente da esposa, não tinha: dinheiro.

Roberto vai, assim, se diminuindo e se calando, ao mesmo tempo que tenta, em alguns momentos, resistir às ambições desmedidas e destruidoras da esposa, mas sem tomar as rédeas dos conflitos e vendo-se incapaz de ajudar o filho, a quem sequer consegue visitar no hospício. Apático e inerte, é como se Roberto representasse a impossibilidade de ser homem fora de um lugar de autoridade e poder e, ao mesmo tempo, a falência desse modelo em uma sociedade em que as mulheres — e, nesse contexto, mulheres brancas ricas — têm tomado a frente. Ele assume, então, lugar de vitimização e faz coro com Renato de que o grande problema é o comportamento de Maria Emília. Assim, em vez de investir em ser outro homem, Roberto se torna confinado ao ideal de homem de seu Pedro, que não poderia se concretizar na relação com Maria Emilia.

Quando perde o pai, de quem se afastou após se casar, uma vez que a esposa não apoiava suas visitas à casa da família, Roberto parece se dar conta do quanto ele mesmo era corresponsável pelo próprio sofrimento, vivendo um profundo desalento ao se ver como marido infeliz, progenitor impotente e agora órfão de pai. Um homem completamente desiludido, portanto.

Num dos trechos mais tocantes do romance, acompanhamos Roberto pouco a pouco desistindo da vida e caminhando para a morte, momento em que a batida do carro parece apenas ter adiantado a partida de quem se via cada vez mais descontente com a própria existência:

> Dêixou o lêito e foi preparar-se para o trabalho. Já estava descontente com a sua existência que andava nas ruas fitando o solo. Como se estivesse ancioso para ser tragado por suas entranhas. Trabalhava dessinteressado, sem animo. Queria descançar não o fisico, mas a mente.
>
> Queria dêitar-se num lugar silente e dormir horas e horas. Ha épocas que a solidão nos benéficia. Se eu pudesse passar uns dias numa estancia! Aspirando o ar puro, contemplar um pedaço do

ceu amplo sem os edificios e as chaminés fumegantes. A gente vive-se. Com tonéladas de esperanças acumuladas na mente que vae duplicando-se dia a dia. Espera-se, que um dia, a nossa vida melhore.

So eu! Não espero nada mais ja estou senil e dessilidido.

Por um lado, se Roberto pouco pôde fazer pelo filho antes de morrer, a Marina ele conseguiu oferecer o cuidado e o aconselhamento que faltaram em sua relação com Renato. Milionária e pianista, Marina vivia a desilusão de ter se casado com um homem que, além de não amá-la, acabou internado num hospício em decorrência dos rumos que sua vida havia tomado e da obsessão que nutria por Rosa. Com o marido institucionalizado e infeliz no casamento, sua vida também parecia ter perdido o sentido, mas Roberto, comovido com a situação da nora, a faz lembrar de seu talento, que poderia originar um novo ideal para sua existência: tocar piano. A música seria, então, não apenas um consolo, mas também sua forma de atuar no mundo: "Você pode tocar num theatro. Você é bonita. É culta. É bôa. A sua musica é normal, sem falha. Você vae dêixar de ser nervosa para tocar melhor", diz-lhe Roberto. E, assim, com o incentivo e a ajuda do sogro, Marina passa a se apresentar em teatros e a ter uma vida de artista, tornando-se famosa, gravando discos, sendo convidada para jantares de luxo, a ponto de surpreender a sogra, Maria Emília, que desconhecia sua carreira artística.

Por outro lado, a vida nos palcos não aplacava a tristeza de Marina, tampouco acabava com o sonho de ter um esposo e um lar sólido, pois o casamento seguia projetado no horizonte como promessa de felicidade e realização para as mulheres, que eram muito julgadas quando solteiras ou separadas, de maneira que ela evitava responder a perguntas sobre seu estado civil. Marina desejava o amor de Renato, que ainda amava Rosa, cujo sonho, quando mais nova, era ser pianista como Marina pôde ser, mas cuja vida se resumia a ter um "filho anual" de Joel, confinada ao lugar de mãe e dona de casa, ficando, após a morte inesperada do marido, desamparada. Nesse contexto, Marina encarnava o que Rosa queria ter sido, enquanto Rosa tinha o que ela queria e não conseguia ter: o amor de Renato. Nos dois casos, o que se coloca é a impossibilidade de felicidade para as mulheres no casamento, uma vez que, no caso de Rosa, o matrimônio passou pela anulação de seus sonhos e, no caso de Marina, pela falta de amor, numa relação de fachada. Não à toa, é apoiando-se principalmente no drama que acomete as mulheres da trama — como o de Rosa, que de repente se vê viúva com seis filhos para criar, chegando a despertar a compaixão de Maria Emília, por pensar que aquelas crianças poderiam ser seus netos — que o narrador apresenta lições de vida muito afinadas aos provérbios criados por Carolina Maria de Jesus, reunidos em livro em 1963:

> Um dia nos da uma dezena de alegria. E no outro, uma centena de tristezas. A alegria condusimos dentro do bolso. E a tristêsa dentro de um caminhão de mil tonéladas.
> Alegria é uma petala de rosa que nos atinge de vez por outra. E a tristesa é uma avalanche. Que desmorona o que alegria construiu.

Nesse processo, conforme as personagens da obra se deparam com os próprios abismos, reconhecendo os limites do poder do dinheiro e as próprias fragilidades, ganham cada vez mais espaço reflexões em torno da inevitabilidade do sofrimento humano, que, embora tenham cunho moralizante, revelam a perspectiva de que é sempre tempo de aprender com a vida, especialmente com os próprios erros. Afinal, como reflete Marina: "Ninguem sabe refletir antes do erro. O Erro, é um professôr que esclareçe todos os angulos". É ela também que conclui, diante de suas desilusões e de todo o sofrimento de Renato por Rosa: "Nas vidas ha sempre um lado tragico. Que não nos avisa quando nos procura". Para Renato, a vida é, após tantas desventuras, como uma "batalha que a gente tem um horrôr mas não podemos abandona-la para não sermos tachados de covardes", de modo que todos os personagens vão, cedo ou tarde, admitindo a própria vulnerabilidade.

O drama de Renato, aliás, que chega a adoecer por não se casar com Rosa, é o ponto central da narrativa, sobre o qual orbitam as histórias dos demais personagens. É o que desnuda uma dimensão que transcende o sofrimento amoroso, pois o problema do personagem é, assim como o da mãe, construir seu ideal de vida com base no outro, perdendo por completo o sentido de viver ao ter seu ideal frustrado. Desanimado, com desejo de morrer e com raiva do mundo, Renato, apesar de todas as possibilidades que sua condição de classe oferecia — como estudar para se tornar doutor, algo que seu pai e seu avô nunca puderam —, parece ter um único sonho e obsessão na vida: Rosa. Carregando o retrato dela para lá e para cá, sem mais simpatia pela vida, internado no Hospital Psiquiátrico do Juqueri como pensionista, para quem tanto faz "estar num hospicio, numa cela, ou no paraizo" — e essa indiferença, em especial, é mais um sinal de que ele é branco, porque, para o negro, parar no hospício ou na cadeia pode representar o fim de sua vida e de qualquer possibilidade de redenção —, Renato não é um *escravo* apenas por ser "predominado" pelas vontades da mãe, mas também por ser um *escravo* de um amor idealizado que ceifa todas as outras dimensões da sua vida. Nesse sentido, se a ausência de um ideal é algo que pode matar o homem, a ausência do amor de Rosa, seu ideal, é o que quase leva Renato à loucura e à morte.

À luz de todas essas questões, *O escravo*, de Carolina Maria de Jesus, chega para afirmar o lugar da autora como romancista, construindo uma obra que pode ser tudo menos um romance ingênuo e maniqueísta em torno do amor impossível entre dois jovens apaixonados de classes sociais diferentes que, em razão dos desmandos de uma mulher rica, não puderam ficar juntos. No seio de uma sociedade cada vez mais capitalista,

Carolina, uma arguta observadora da realidade, que conviveu de perto com a classe média alta e com a elite, seja como trabalhadora doméstica, seja como escritora — ainda que não plenamente respeitada e reconhecida nessa posição —, retrata o universo da *sala de visitas* e suas adjacências, marcado por interesses escusos, ambições desmedidas e expectativas irreais, sem, no entanto, subtrair a dimensão humana e ordinária das personagens. Estas, não afligidas pela fome diária e pela urgência da sobrevivência, que tanto marcaram a vida da autora quando morava na favela do Canindé, sofrem com outro tipo de miséria: a de serem escravos de desejos, ideais e modelos que não libertam ninguém, pois não se pode comprar o outro, tampouco o seu amor. Num romance que não faz uso de qualquer marcador racial, Carolina parece mesmo assim deixar um recado: se o mundo é dos brancos, eles então não são livres. Também são escravos. Nesta obra, porém, oferece a eles a chance de se transformar e se libertar através da dor e do sofrimento, que dinheiro algum pode evitar.

NOTAS

1. Esse trecho da entrevista pode ser visualizado no YouTube. Disponível em: <www.youtube.com/watch?v=-Kgq3F8wbYA&t=9s>. Acesso em: 18 set. 2023.
2. Por exemplo, temos o desabafo escrito no dia 14 de fevereiro de 1961: "Levantei as duas da manhã para escrever. Este tipo de literatura que é o diario, cansa muito. Escravisa o escritor. Não aconsêlho ninguem adotar este estilo literário. Tem pêssoas que diz que eu não sou escritora. Quem escreve qualquer coisa é escritor. Mas eu não impressiono com estas fracas considerações" (Carolina Maria de Jesus, *Casa de alvenaria, volume 2: Santana*. São Paulo: Companhia das Letras, 2021, p. 165).
3. Esta é uma visão que já aparece em *Quarto de despejo* e se agudiza

em *Casa de alvenaria* em face dos embates e dilemas raciais que enfrenta ao sair da favela do Canindé, sem jamais se sentir plenamente integrada à classe média e ao meio literário: "O mundo não é para os pretos. O mundo é dos brancos. Nós os pretos somos capachos que eles pizam e nos esmagam. Quando o preto grita igualdade eles põe mordaça" (Ibid., p. 224).

4. Imagino as personagens do romance como brancas não apenas pela ausência de quaisquer características raciais que as qualifiquem como negras, mas também porque os conflitos que se desenrolam ao longo do romance são, sobretudo, conflitos de classe, sem uma dimensão racial explícita e, no nível do discurso, sem marcadores para se referir a pessoas negras, como "pretinho", "preto" etc., algo que Carolina faz com frequência em seus diários. Fosse *Rosa negra*, por exemplo, é provável que a rejeição de Maria Emília a seu casamento com Renato se desse também em termos racistas. Além disso, trata-se aqui de fazer um movimento importante na crítica literária: retirar o manto de universalidade e racializar personagens brancas que, por serem brancas, podem atuar como um elemento não nomeado.

SOBRE A AUTORA

No dia 14 de março de 1914, na cidade de Sacramento, em Minas Gerais, Carolina Maria de Jesus veio ao mundo, filha de Maria Carolina de Jesus e de João Cândido Veloso. Despontou num tempo repleto de incertezas e desconhecimentos: em alguns de seus escritos autobiográficos, revela dúvidas quanto à exatidão do ano de seu nascimento e diz nunca ter conhecido o pai. Apelidada de "Bitita", era frequentemente apontada pelos familiares como uma criança inteligente e questionadora.

Vivendo no campo, pertenceu a uma numerosa família de mulheres e homens negros, com quem partilhava um terreno comprado pelo avô materno, Benedito José da Silva. Sob as sombras da escravização recém-abolida, as condições de existência eram precárias, e a maior parte de seus parentes não recebera instrução escolar. Descrito por Carolina como o "Sócrates africano", seu avô era um homem sábio e respeitado no vilarejo, um dos principais responsáveis por despertar nela vontade de aprender a ler e a escrever.

Em 1921, ingressou no Colégio Espírita Allan Kardec, onde estudou por apenas dois anos. Sua formação escolar foi interrompida quando precisou mudar-se com a família para uma fazenda em Uberaba, no mesmo estado — essa seria a primeira das muitas migrações realizadas em busca de melhores condições de existência. Entre 1923 e 1937, trabalhou como lavradora, cozinheira e empregada doméstica nos arredores de Minas Gerais e São Paulo.

Depois da morte da mãe, foi tentar a vida em São Paulo em 1937, atraída pelo contexto econômico promissor da metrópole. Aos 23 anos, sozinha na maior cidade brasileira, chegou a dormir na rua e, para garantir o próprio sustento, exerceu ofícios variados: foi auxiliar de enfermagem, faxineira, artista de circo e empregada doméstica. Quando tinha oportunidade, demorava-se nas bibliotecas particulares das casas onde trabalhava, com predileção por obras com temas políticos e filosóficos.

Como não se adaptava às condições de trabalho impostas e não se submetia às vontades de seus patrões, foi demitida diversas vezes. Em uma de suas últimas demissões, estava grávida de seu primogênito, João José de Jesus (1948-77), filho de um homem ausente e de origem europeia. Desamparada, teve como destino a favela do Canindé, à beira do rio Tietê, onde ergueu sozinha o próprio barraco. Após o nascimento do menino, carregava-o nas costas enquanto catava materiais recicláveis, alimentos e roupas, prática que se tornou sua principal fonte de subsistência. Anos depois, deu à luz José Carlos de Jesus (1950-2016) e Vera Eunice de Jesus Lima (1953), cujos pais, omissos, também eram estrangeiros.

Cotidianamente, a escrita tornava-se uma forma de acolhimento e cura. Carolina compunha poemas, romances, peças teatrais e canções, dentre outros gêneros, em folhas e cadernos encontrados no lixo. Em 1950, publicou um poema saudando Getúlio Vargas no jornal *O Defensor* e, no ano de 1955, passou a registrar num diário a vida marginalizada na favela, obra que chegou ao conhecimento do repórter Audálio Dantas em 1958.

Em uma ida à favela do Canindé para cobrir a inauguração de um playground, Dantas foi surpreendido pela figura de Carolina Maria de Jesus, que discutia com alguns moradores do local. Após visitar seu barraco e deparar com a magnitude do conjunto de sua produção artística, interessou-se sobretudo pelos diários, decidindo, ainda em 1958, publicar algumas passagens no periódico *Folha da Noite*. Em 1959, novos trechos ganharam as páginas da revista *O Cruzeiro*.

A partir desse momento, a figura de Carolina começou a ter relevo na mídia, atingindo o ápice da exposição em agosto de

1960, com a publicação de *Quarto de despejo: Diário de uma favelada*, que reunia fragmentos de três anos da vida da autora no Canindé. A obra foi editada por Audálio e teve uma tiragem inicial de 10 mil exemplares, atingindo a marca de mais de 100 mil livros vendidos ainda no primeiro ano.

A repercussão de sua obra foi global: mais de 1 milhão de exemplares foram vendidos no exterior. *Quarto de despejo* foi traduzido para treze idiomas e em mais de quarenta países, transformando Carolina em uma das autoras brasileiras mais publicadas de todos os tempos. Tamanha projeção garantiu-lhe homenagens pela Academia Paulista de Letras e pela Academia de Letras da Faculdade de Direito de São Paulo, além de lhe proporcionar a concretização de um sonho: residir em uma casa de alvenaria.

Em 1960, após uma estadia temporária em Osasco, a autora mudou-se com a família para um imóvel no bairro de Santana, na capital paulista. O momento em que deixa a favela é narrado em sua segunda obra, *Casa de alvenaria: Diário de uma ex- -favelada* (1961), na qual descreve as tensões entre uma existência imersa na miséria e uma vida marcada pela fama e pelo assédio constante da imprensa e de pessoas pedindo-lhe ajuda financeira.

Para a divulgação de suas obras, sua nova rotina incluía viagens pelo país e por parte da América Latina. Na Argentina, em 1961, foi agraciada com a Orden del Tornillo, no grau de cavaleiro, período em que também recebeu o convite para tornar-se membro da Academia de Letras de São Paulo e ganhou o título de "cidadã honorária". No mesmo ano, revelou outro aspecto de sua veia artística com o lançamento do disco *Carolina Maria de Jesus: Cantando suas composições*.

No entanto, gradualmente, os holofotes sobre Carolina apagavam-se, direcionando-a a um quadro de ostracismo nos anos seguintes, à medida que buscava publicar outras produções além de seus diários e exibia atitudes que destoavam do comportamento esperado de uma mulher negra naquela época.

Com os poucos rendimentos gerados pelas obras anteriores, financiou a publicação dos livros *Pedaços da fome* e *Provérbios*, lançados em 1963, que não obtiveram o mesmo sucesso.

Após cerca de três anos, deixou a Zona Norte de São Paulo e se mudou com a família para um sítio em Parelheiros, na periferia da Zona Sul da cidade. Distante do cerco midiático sobre sua imagem, voltou a se dedicar à literatura e a revisitar seus escritos. Por volta de 1972, começou a escrever *Um Brasil para os brasileiros*, autobiografia editada e publicada postumamente sob o título de *Diário de Bitita* (1986). Vivendo com pouco, além do baixo retorno de seus direitos autorais, mantinha-se com o que colhia da própria terra, com a criação de porcos e galinhas e com os lucros escassos de uma venda à beira da estrada. Em 1971, retornou à favela para protagonizar um documentário sobre sua vida chamado *O despertar de um sonho*, produção alemã dirigida por Christa Gottmann-Elter.

Aos 62 anos, em 1977, Carolina faleceu em decorrência de uma crise de asma. Pobre e desassistida pela imprensa, teve seu sepultamento custeado pelos poucos amigos e vizinhos de que se dispunha em Parelheiros. Mas esse não seria o fim de sua história. Em 1994, ela foi novamente posta em evidência com a publicação de *Cinderela negra: A saga de Carolina Maria de Jesus*. Organizado pelos professores José Carlos Sebe Bom Meihy e Robert M. Levine, o livro foi sucedido pelas obras *Antologia pessoal* (1996) e *Meu estranho diário* (1996), que reúnem uma coletânea de poemas da escritora e passagens raras dos seus diários, respectivamente. O legado de Carolina Maria de Jesus segue se fortalecendo à medida que suas obras são reeditadas e revisitadas pela sociedade, desvencilhando-a de estereótipos historicamente atribuídos à sua subjetividade e à sua escrita. O compartilhamento de textos inéditos da autora evidencia a vastidão de sua produção literária, revelando-nos a impossibilidade de moldar e de reter a sua figura em um único lugar.

Aponte o celular para o QR Code
e acesse conteúdos pedagógicos
sobre Carolina

1ª EDIÇÃO [2023] 2 reimpressões

ESTA OBRA FOI COMPOSTA PELO ACQUA ESTÚDIO EM PT SERIF PRO
E IMPRESSA EM OFSETE PELA LIS GRÁFICA SOBRE PAPEL PÓLEN DA
SUZANO S.A. PARA A EDITORA SCHWARCZ EM FEVEREIRO DE 2025

A marca FSC® é a garantia de que a madeira utilizada na fabricação do papel deste livro provém de florestas que foram gerenciadas de maneira ambientalmente correta, socialmente justa e economicamente viável, além de outras fontes de origem controlada.